Aurel Dobre

Miravedaskolan

LETRAS

Descriere CIP a Bibliotecii Naționale a României
DOBRE, AUREL
Miravedaskolan / Aurel Dobre
—Snagov: Letras, 2023
ISBN 978-630-312-060-7

821.135.1

ISBN eBook ePub: 978-630-312-061-4

Svensk översättning gjord av . Camelia Zrain och Sofia Marica

Distribueras av www.piatadecarte.net
Utgivarkontakt: office@piatadecarte.com.ro
Beställningar på: +40 21 367 5228 // +40 787 708 844
Du kan kontakta förlaget för publiceringsförfrågningar,
via e-post: edituraletras@piatadecarte.com.ro
Letras förlag

Innehåll

FÖRORD

Efter att ha läst romanen med genuint intresse kunde jag lägga märke till både realismen i detaljerna och den outsägliga harmonin, i vilken de sammanflätas med episka, visionära episoder, på ett sätt som vittnar om författarens fruktsamma talang.

Angående specifikt originalitet och litterärt värde, var min känsla att Miraveda-universumet har resonanser med Macondo från Gabriel García Márquez roman, "Hundra år av ensamhet".

Budskapets värde mot universalitet skyddas också av författarens omsorg att minimalt koppla Miravedas lilla universum till tid, rum, filosofi eller politik.

Romanens ton är den mest originella komponenten, som i det här fallet inte bara får läsaren att känna känslan som överskrider tid och rum i alla episka avsnitt, utan också får en att fängslad läsa sida efter sida.

VICTOR GREU

Från djupet av mitt hjärta tackar jag CAMELIA ZRAIN och SOFIA MARICA för den entusiasm och engagemang med vilken de gjorde översättningen av romanen till svenska möjlig!

FÖRFATTAREN

KAPITEL 1

Sedan han första gången hade sett Codrus, flera veckor innan, hade Elaur instinktivt läst faran i hans förskräckliga blick. Hans ögon blåa som glas och hatet som vanställde hans ansikte hade etsat sig fast i minnet. Elaurs skräck hade materialiserat sig fortare än vad han hade trott. Han hade fått av Codrus ett mycket smärtsamt slag med knytnäven i ryggen, mindre än två veckor senare, enbart för skulden att försöka undvika honom.

Efter den händelsen hade Elaur inte sett honom alls i skolan. Han visade sig igen idag, just nu, när Elaur var försenad och gatan som gick mot skolan var tom. Elaur såg honom ganska sent där borta vid korsningen mellan dem. Han stod och pratade med Basamac men Elaur hoppades kunna ta till höger, på hans gata, utan att bli upptäckt.

Codrus, som redan hade sett honom, sprang meddetsamma mot honom genom att korsa gatan diagonalt, vilket gjorde att Elaur också började springa. Några meter innan han skulle bli fast hände den första märkliga saken. Fastän vägen var någorlunda platt när han hade högsta farten, vilket tillintetgjorde varje förhoppning att bli av-luften och ramlade ner som en stor, tung säck. Han skrapade handflatorna och möjligen knäna också.

Tacksam för Codrus märkliga fall, som han hade tittat på, både skrämd och häpen, fortsatte Elaur springa ännu fortare och svängde in på sin gata förföljd av Codrus svordomar och hotelser.

Efter ytterligare trettio meters springande tittade han tillbaka mot Codrus som närmade sig hotande med ansiktet förvridet av hat. Då hände den andra märkliga saken. En tung metallisk port öppnade sig plötsligt som om den hade varit knuffad av en osynlig hand exakt i ansiktet på den förskräcklige Codrus. Han ylade av smärta och satte sig intill porten, häpen och desorienterad av denna sammanstötning.

När han hade tittat ytterligare två-tre gånger bakåt och förvissat sig att han hade blivit av med Codrus tänkte Elaur att utan hans storebror Nions hjälp, varken krokbenet eller den räddande porten hade existerat.

Han kom hem på mindre än fem minuter, gick direkt in i sitt rum, tog mappen på bordet där han gjorde sina hemläxor och satte sig sakteligen på den fyrkantiga stolen vid bordet. När han hade tagit några djupa andetag tog han ut ur mappen skrivpapperen som herr Leacu hade gett honom. Han organiserade dem på bordet med nästan mekaniska rörelser utan att lyckas bli av med Codrus skrämmande ansikte.

Lika frånvarande bytte han om från den nya skoluniformen till lätta bomullsbyxor och en långärmad tröja, samtidigt som han andades rytmiskt för att lugna ner sig. Därefter satte han sig återigen på stolen med armbågarna på bordet och huvudet mellan handflatorna oförmögen att avlägsna tanken från vad som hade hänt. Efter ytterligare några minuter när andningen hade återkommit till det normala tog han sig till sommarköket där Martia just var i färd med att lägga det gula, ångande polentabrödet på träskivan som fanns mitt på bordet.

—Hej, älskade mamma!

—Kom, mitt barn! Jag hade just börjat tänka på vad som kunde ha hänt att du blir så sen! Gå och ropa på din syster att det är mat! Hon är i gathörnet med flickorna!

Elaur började gå mot gatan fortfarande förföljd av Codrus ansikte, öppnade grinden väldigt lite, tittade mot vänster där skolan var och knappt därefter tog han till sig modet att gå mot höger, mot gruppen av flickor som skrattade högt.

Under tiden det tog honom att komma tillbaka med Alena hade polentan blivit skuren i bitar, tre ångande tallrikar med kyckling i sås väntade på bordet och hela köket var fullt av den inbjudande doften från såsen av tomater och vitlök. Minela, hans lillasyster, som hade blivit född med undervikt och fortfarande var onormalt smal, försökte låta bli att röra vid maten och hoppades kunna klara sig med en liten tallrik med mjölk från den stora grytan som Martia hade gjort polentan i och sedan hällt i den färska mjölken till kokning.

—Minela älskling, ta och ät din mat först och sedan tar du mjölk! Skolsystern kommer att gräla på mig igen att jag inte ger dig mat! Den här kycklingen har jag lagat särskilt för dig!

Elaur och Alena väntade inte på fler inbjudningar utan de tog var sin polentabit på tallriken och började skära med gaffeln av polentan, drunknad i sås och åt med stor lust.

Alena hade läst klart den åttaåriga grundskolan och hade börjat som lärling hos en lyxsömmerska för att lära sig ett yrke som är "både rent och som ger pengar", så som mamma tyckte om att säga. Martia, som önskade så mycket att hennes barn skulle leva ett bättre liv än vad hon själv hade gjort kunde redan se sin dotter som en känd sömmerska med rika kunder som var galna i klänningar skurna i dyra tyg. Instinktivt kände hon Elaurs oro och hon frågade:

—Du då, Elaur! Hur var det i skolan idag?

—Jag fick en tia i matte på skrivet prov. Och jag har också en tia från förra veckan.

Martia sade inget mer. Hon var mycket, mycket nöjd med honom men hon kände att något inte stod rätt till med pojken. Elaur ville inte berätta något om sitt problem med Codrus, han tänkte hitta ett sätt att lösa problemet utan att hans mamma skulle få reda på det.

—Herr Leacu kallade mig till lärarrummet och därför var jag sen. Jag fick tillbaka gårdagens arbete från litteraturtävlingen för att gå genom den. Han sa att han tyckte om den och vill skicka den vidare till nästa tävlingsnivå där man konkurrerar med elever från hela stadens skolor.

När de hade ätit maten satte Martia var sin keramikskål med mjölk framför dem, så mycket så att man kunde lägga i en ordentlig bit polenta. För deras pappa, som skulle komma sent från fabriken, gjorde hon i ordning en vit skål med mjölk med en stor bit polenta som hon satte i ugnen.

—Ikväll kommer jag att sitta uppe tills jag är klar med ändringarna i arbetet och i morgon bitti skriver jag om den, lade Elaur till, på väg mot sitt rum.

Han tog fram flera dubbla blad från mitten av ett linjerat block och började skriva om berättelsen från tävlingen. Klockan hade passerat elva på natten när han släckte och gick till sängs, men tanken på vad som hade hänt i skolan kunde inte lämna honom. Med slutna ögon bar tanken honom till den där kalla marsdagen några år tillbaka i tiden då hans morbror från Calavechi hade kommit med hästvagnen och parkerat den framför deras grind i leran som svällde över hela gatan. Han hade inte fyllt sex än, därför tog Martias lillebror honom i famnen och lade honom i hästvagnen lutad med ryggen mot framsätet i form av en låda placerad på framsidan i vagnen som var övertäckt med en mörkröd matta. På sätet, intill mormor och farmor, satt hans mammas svåger som ledde de två hästarna framför hästvagnen.

Förundrad och skrämd tittade han än på det förstenade ansikte av sin storebror Nion som låg med fötterna mot hästvagnens säte, än på sin mamma som storgrät, lutad tätt intill mot två av sina systrar. Bredvid de tre systrarna på första raden av den lilla dödskonvojen gick hans pappa, blek och orakad, hand i hand med Alena med blicken förlorad. Elaur, skrämd av allt som hände men i synnerhet av sin mammas hjärtskärande gråt, stirrade i sin pappas blick som för att söka räddningen där tills två stora tårar tumlade på hans kind vilket var ännu mer skrämmande. Just då, när framhjulen hade passerat en grop, vände mormor sig lite mot vänster för att försäkra sig om att hon inte skulle ramla av vagnen, sträckte handen åt vänster och neråt och rörde vid hans högra axel.

Plötsligt lugnad av sin mormors skyddande åtbörd men också av en reflexmässig självbevarelsedrift följde han med blicken nästan hela vägen endast Memet, en liten zigenare från trakten, skolkompis med hans bror och den ende som barfotad trotsade den kalla leran. Han gick längs staketen på gatans vänstra sida där leran hade torkat något, hoppade över de små pölar som kom i sin väg och drog ut under staketen in på människornas tomter. Efter varje studsande kom han tillbaka till sitt tysta och någorlunda högtidliga gång bredvid sin kompis kista.

Fem och ett halvt år hade gått sedan hans storebror hade blivit påkörd av en lastbil, dels på grund av sitt eget fel, dels på den berusade hästvagnkörarens fel. Han hade hängt på hästvagnen och mannen hade slagit med piskan mot honom så han tvingades hoppa från vagnen mitt i vägen. Året av tragedin som hade drabbat Elaurs familj blev sedan en sorts nollpunkt för dem, alla händelser och evenemang placerades före eller efter tragedin.

På de sex månader som hade gått mellan Nions begravning och Minelas födsel, den lilla flicka som Martia bar i sitt sköte, hade inte tårarna torkat från hennes kinder. Hon blev så förändrad att hon inte kändes igen på gatan ens av personer som stod henne nära. Under den här perioden hade hennes dagliga samtal med Elaur lindrat hennes smärta, de blev hennes hemliga drog. Hon bad honom att berätta samma händelser om och om igen, med och om Nion och även att recitera en dikt av de tre som han hade lärt sig utantill med Nions hjälp.

Andra gånger, när hon hade blivit klar med hushållsarbetet, satte de sig tillsammans på sängkanten med fyrans historiebok som hade blivit kvar efter Nion, i knäna. Hon vände på bokens blad och då sade Elaur andningslöst namnen på alla historiska personligheter representerade av de många bilderna i boken - så som Nion hade lärt honom. Förundrad följde han med blicken tårarna som rann från mammas ögon och brände hennes kinder och han kunde inte förstå varför hon upprepade denna åtbörd om den framkallade så mycket lidande i hennes själ.

Mindre än en månad från den tragiska händelsen, han förstod inte hur, hade Nion dykt upp i hans rum och sade att han skulle komma att ta hand om honom och hjälpa honom med vad som helst men att han måste ta hand om deras mamma. Han kunde inte riktigt förstå hur han skulle komma att ta hand om sin mamma men han litade på Nion, inte bara för att han var fem år äldre utan också för att hans storebror, fram till sina elva år, visade sig som en bra pojke, intelligent och respektfull, uppskattad i skolan och till stor hjälp för sina föräldrar.

Till en början hjälpte Nion honom att laga en leksaksbuss som tomten hade gett honom och som han hade sönderdelat för att se vad som fanns inuti. Svårare blev det när mamma kom på honom att han pratade med Nion och han tecknade åt honom att inte säga vem han pratade med. Först då förstod han att det var enbart han själv som kunde se Nion och även kunde prata med honom.

En annan gång, när mamma hade hört honom från rummet intill och frågat honom vad som hände, sade han:

—Jag saknar så mycket Nion och jag låtsas prata med honom!

Med tårarna rinnande på kinden hade mamma betraktat honom förundrad och till och med hörde han henne dagen efter när hon sade till hans pappa:

—Den här pojken skrämmer mig oerhört! Jag har hört honom flera gånger prata med Nion. Gud bevare mig så han inte blir sjuk!

Från och med då var han noga med att stänga dörren och att stå bakåtvänd och att prata viskande varenda gång Nion dök upp. Så en natt när han hade gått till grönsakslandet för att hämta några rädisor, någonstans mellan de två aprikosträden intill staketen, såg han en svartklädd kvinna som tittade rakt på honom. Han vände sig meddetsamma och sprang mot husets dörr men han snubblade på något och ramlade på magen. När han vände sig stod den svartklädda kvinnan lite böjd över honom och tittade rakt på honom. Han skrämdes starkt och ville skrika efter hjälp men ljuden vägrade komma ut ur hans mun vars käkar var låsta av rädsla.

—Elaur, du hade en mardröm min älskling!

Kom, lugna ner dig, mamma är här hos dig!

Han öppnade ögonen och såg Martia som satt på sängen med gråtande ögon och spann någon ull i det svaga ljuset av en fotogenlampa som hon hade hängt av från spiken på väggen och ställt den på fönsterkarmen som vette mot den lilla altanen.

Han låg med slutna ögon men mardrömmens fortfarande starka intryck lät honom inte somna om och mammas gråt, förnyad efter en stund, skrämde honom ännu mer.

—Älskade mamma, jag ber dig, sluta gråta! Om du gråter, gråter Nion också. Han vill inte att du ska gråta! Martia slutade gråta och tittade förskrämt på honom:

—Vad är det du säger, min pojke? Vart kommer dessa ord ifrån?

Bedövad av sömn hade han varit mycket nära att säga henne att så sade alltid Nion. Plötsligt ramlade fotogenlampan från den smala fönsterkarmen och ner på sängen. I fallet ramlade glaset av och fotogenen spred sig på halva sängen som började brinna.

Mamma hoppade skrämd från sängen och sprang mot köket för att hämta vattenhinken där de hade dricksvatten när Nion dök upp och med en bestämd röst sade till Elaur att ta kudden och släcka elden med den. Meddetsamma började han trycka med kudden på det brinnande täcket och också på Nions kommando flyttade han kudden till en annan zon som brann. Tills hans mamma kom med vattenhinken hade han nästan släckt elden och de tog tillsammans det rökande täcket ut på trottoaren framför huset där de släckte det fullständigt med vattnet ur hinken.

—Och, Gud i Himlen, vilken katastrof det skulle drabba oss!

Vad bra du tänkte att du skulle släcka med kudden! Min Gud, vilken katastrof det skulle drabba oss!

Hon hämtade en annan lampa från hallen, hängde den på spiken på väggen och, när hon hade bytt täcket som hade blivit bränt mot vita sängkläder satte hon sig på sängen med Elaur hårt hållen intill sin kropp och började be:

—Gode Gud, skydda mitt hus och mina barn från eld och vattnen!

Han skulle ha velat glädja henne och säga att det faktiskt hade varit Nion som lärde honom vad han skulle göra men han kände att hon inte skulle må bra av det.

Efter några minuter sade mamma att han skulle gå till det andra rummet där han somnade meddetsamma intill sin syster Alena, som sov lugnt, utan vetskapen om vad de hade gått igenom.

Nion hade inte dykt upp på två-tre år nu men när han i minnet gick genom de hindren som dök upp i Codrus väg var Elaur övertygad om att enbart Nion kunde rädda honom från Codrus galenskap. Han hade önskat se honom igen men i samma stund tänkte han att den där tiden hade kanske passerat och att Nion hade interfererat så här, osedd, enbart för att rädda honom. Han somnade sent efter att, på något sätt, lyckats skaka av sig händelsen med Codrus ur sitt minne.

Nästa morgon innan han klev ur sängen, var Codrus rabiata ansikte det första han fick i minnet. Han tänkte att efter allt som hände hatar Codrus honom ännu mer. Han visste inte hur han kunde komma till skolan och ännu mindre visste han hur han skulle kunna lämna skolan efter mörkrets fall utan att träffa Codrus eller någon av hans kamrater.

Utan att äta började han "skriva rent" berättelsen och fyllde lite över nio sidor på papperna som han hade fått av herr Leacu. Han gjorde snabbt även hemläxan i matte, satte sedan allt i ordning i väskan av skinnimitation och först därefter gick han till köket. När han hade ätit en ny portion vitlökskycklinggryta med en bit bröd tog han på sig och gick till skolan en timme tidigare än vanligt. Till de trettio minuter som litteraturläraren hade bett om, hade han lagt trettio till i förhoppning att han skulle komma till skolan förre Codrus.

Utöver det, en gata före skolan, tog han vänster och sedan höger på en parallellgata som korsade skolans gata bra mycket närmare elevernas entré. Vid korsningen, mycket nära staketet som han passerat, undersökte han gatan och en bit av skolgården. När han såg att det inte var någon fara började han gå fort och stannade först framför lärarrummet där även herr Leacu dök upp efter några minuter.

—Vad är det med dig? Du kommer en timme tidigare! Vänta på mig lite!

Han gick in i lärarrummet och kom tillbaka efter några sekunder med en mapp och tecknade åt Elaur att han skulle följa honom. Efter några steg stannade han vid första fönster som vette mot skolgården, och sade:

—Nu kan du ge mig arbetet! Ska vi se vad som blev av det! Elaur drog försiktigt fram papperna med skolans stämpel i vänster-upp hörnan, fem skrivna och fem vita och sträckte dem åt läraren som räknade dem först och läste sedan intresserad de skrivna bladen. När han hade lagt dem i sin mapp fortsatte han:

—Nu blev den bra! Jag ville hjälpa dig! Du är lite tankspridd men jag tyckte mycket om din berättelse! Var försiktig! Du pratar inte med någon om det här. Uppfattat?

Elaur tänkte berätta för honom om händelsen med Codrus men lärarens förstenade ansikte och de kalla ögonen, lite uttråkade, uppmuntrade honom inte alls. Herr Leacu började gå mot lärarrummet och Elaur tog fram en bok ur mappen, satte fart mot skolbiblioteket som var full av stora löften och överraskningar, bestämd att leta en mycket bättre bok än den som han skulle lämna tillbaka.

KAPITEL 2

Tramian hade blivit förtjust i Martia från första dagen han såg henne och i flera dagar gjorde han allt han kunde för att vara i hennes närhet och ansträngde sig för att väcka hennes uppmärksamhet. Hon kastade blickar på honom då och då som hon road flyttade någon annanstans när han sökte få hennes uppmärksamhet.

Hon storskrattade åt sina väninnors skämt samtidigt som hon följde honom i ögonvrån. Han såg på henne med hänförelse men även med förargelse och förbittring för att arbetsledaren också hade blivit kär i flickan.

I kampen att få hennes gunst, både Tramian och arbetsledaren som var tio år äldre än dem och ungkarl vid sina trettiotvå år, rakade de sig dagligen och klädde sig alltmer vårdat, kanske-kanske skulle de få Calavechiflickans välvilja.

Iklädd blåa arbetsbyxor och en skjorta med små rosa och blå fyrkanter var Tramian vackrare än någonsin den där morgonen i Martias ögon. Han gav henne blickar, till synes likgiltiga, tillräckligt för att dölja sin frustration över att arbetsledaren, mer och mer fientlig, skickade honom till Brukets central, som befann sig på herrgården där den store jordägaren hade bott, för att börja jobba i en annan grupp.

Bara fem dagar hade gått sedan Martia, av sin moster, hade fått reda på att de på Bruket behövde folk för majsplocket. Hon hade bestämt sig för att söka sig dit som dagarbetare i vetskap om att arbetsplatserna var extremt sällsynta och nästan exklusivt för män.

Nästa morgon var det hon som kom först till vägen som ledde till Staden, därifrån en kusin till henne skulle hämta dem i hästvagn: Martia, hennes moster och två flickor till från Calavechi.

Så började de åka mot Bruket som låg på ca en timmes gångavstånd. Bruket hade blivit till året innan när den Nya Myndigheten konfiskerade markerna av en stor ägare, som själv hade skickats till Donaudeltat, efter en simulerad rättsprocess, för att jobba i arbetsläger. Hans familj hade blivit skickad till några släktingar i Huvudstaden med så många saker med sig som fick plats i två-tre resväskor.

Ända till lunchrasten kunde inte någon få ett leende av Martia, inte hennes moster som älskade henne som om hon hade varit sin egen dotter, inte flickorna från Calavechi som redan hade observerat deras blickar och ännu mindre den förälskade arbetsledaren.

De åt sin lunch, bönor med några spår av grisfett i, som var hämtad från Brukets matlagningsställe i en vagn dragen av en gammal och mager häst i två stora enkla grytor och serverad i grå aluminiumtallrikar direkt på den smala ängen där majsfältet började. Efter lunchen blev Martia och tre flickor till i hennes ålder ombedda att gå och jobba på ett annat ställe kallat Vargkullen och som befann sig ca tre kilometer därifrån hos en annan arbetsledare. De tog var sitt bylte där de hade byteskläder, sandaler och en flaska dricksvatten och de började gå utan mycket entusiasm mot respektive ställe.

Arbetsledaren, förargad för beslutet som Brukets chef hade tagit, ropade bakom dem:

—Kom igen flickor! Rör på er snabbare! Kanske kommer ni fram innan mörkret faller!

De gick under tystnad några hundra meter i en ansträngning att låta bli att storskratta tills en av dem tittade på Martia och sa:

—Vilken du har, du flicka, att arbetsledaren skulle bli förtjust i dig! Förstår du? Om du skulle vilja ha honom skulle du göra honom lycklig. Och så skulle han slippa sin mammas tjat.

—Jag såg också att han hade ögonen bara på mig men Gud bevare mig, vad ska jag med honom till? Vad? Min pappa har dött men jag behöver inte en annan pappa!

Efter mindre än en halvtimme kom de fram till Vargkullen där den nye arbetsledaren, en man som hade passerat sina femtio, mild och pratglad, tog emot dem med glädje:

—Välkomna flickor! Ni kom precis rätt! Laget har gått in i majsfältet för någon kvart sedan. Om ni skyndar er lite hinner ni snabbt i kapp dem!

Från majsplantorna som var två meters höga kunde de inte se dem som jobbade framför dem men de kunde höra pratas och fnissas då och då. Flickorna tog var sin rad majs som hade blivit kvar åt dem och började plocka de stora kolvarna och kasta ner dem på marken i högarna som redan var gjorda av dem som gick framför dem.

Plötsligt, när de hade börjat syna laget framför, slutade deras brummande och en sång hördes och tog över allas uppmärksamhet. En vacker röst av en ung man hördes mer och mer tydligt utan att flickorna som kom bakifrån kunde se vem som sjöng. Det var en kärlekssång, lidelsefull och lite sorgsen som berörde djupt Martias hjärta.

—Det var då jag blev kär i din pappa! Det var han som sjöng så vackert att mitt hjärta smälte, sade hon till Elaur som fascinerad lyssnade på henne och som såg med fantasins ögon vid sina elva år den där händelsen som tycktes komma från en kärlekssaga. Efter några sekunder när hon såg sin sons väntan, fortsatte Martia:

—Jag hade inte en tanke på att gifta mig. Min pappa hade dött två år innan och mamma var mest sjuk och vi hade inte mycket av någonting. Vilken hemgift skulle stackars mamma ge oss? Alla överkast, mattor och täcken, svårligen sydda eller vävda, samt de bästa av kläderna hade din farfar bytt mot fem mjölsäckar och sex säckar majsmjöl för att vi skulle överleva svälten från fyrtiosju.

I desperation hade flera män från byn gått ända till regionen där den Stora Floden kommer in i landet som var mindre drabbad av torka med hästvagnarna fulla av hemgiftssaker och kom tillbaka med mjöl och majsmjöl, som inte var värda en kvart av de sakerna som hade bytts ut.

—Två veckor fram och två veckor tillbaka. De gick tiotals mil och sov bara tre-fyra timmar om dagen under något träd för att de skulle kunna gå mer när inte solen var så stark. De gick bredvid vagnarna för att skona sina hästar, mestadels hungriga de också för inte ens gräs hittade de på vägen. Stackars pappa, han fick lunginflammation som också ledde till hans död några veckor efter återkomsten. Han gick där bland främlingarna och vi grät hemma tillsammans med din mormor efter vår förlorade hemgift. Och fast han var sjuk så sade han till oss när han kom tillbaka:

—Mina älskade flickor, ert liv är viktigare än den där hemgiften! Vi går igenom den här prövningen och på två-tre år gör vi om hemgiften.

Det var bara det att de där kom och tog vår mark och alla våra förhoppningar blev till intet, men det värsta var ändå att pappa gick bort! Han betalade med sitt liv för att vi skulle kunna gå vidare med våra.

—Min älskade pojke! Av så mycket som vi har gått igenom skulle du kunna skriva en bok och ändå skulle det bli saker kvar att skriva! Men, nu ska vi tillbaka till vårt ämne! Din pappa lärde jag känna någon gång i september, vi gick promenader några gånger och i början på november, när arbetet tog slut på Bruket så stannade jag hemma i Calavechi och han gick och tog anställning i en ny fabrik, enda i närheten av Ciuntita tågstation. Mot slutet av april skickade han bud med en kusin till mig som också hade tagit anställning där att vi skulle träffas följande lördag och gå på bio i Staden.

—Jag träffade honom, gick på bio och sedan sade han plötsligt att han noga hade tänkt sig för att han ville gifta sig med mig och att jag skulle "fly" med honom. Han hade jobb nu vilket inte var en liten sak på den tiden och hur jag hade gått hela vintern och tänkt på honom bestämde jag mig direkt att jag skulle fly med honom samma kväll.

—Hur menar du, att fly med honom? Frågade Elaur oskyldigt.

—Men vad vi sprang! Vi började gå mot deras hus i Miraveda och på störten började det ösregna. Vi sprang som två galningar, hand i hand och skrattande under det där regnet som blötte oss ända in på huden! Nästa dag, på söndag, lånade han en cykel från en granne och vi cyklade båda till mamma, till Calavechi, för stackaren visste inget om mig.

Som vilken som helst mamma hade hon en föraning, hon visste att jag hade gått för att träffa pojken från Miraveda, men hon var orolig ändå att det kunde ha hänt mig något.

Väl hemma berättade vi för henne hur det stod till med oss. Jag plockade mina saker i en stor korg och hon gav mig en mindre korg med två hembakade bröd, en ostbit och två flaskor mjölk från den arma kossa som pappa envetet hade velat behålla trots torkan. Vi pussade varandras kinder och så var det med den saken.

— Du har fortfarande inte berättat för mig hur det var med "flykten", sade han mer för att provocera henne att fortsätta med sin berättelse.

— Älskling! När två ungdomar gick ihop utan att fråga sina föräldrar om råd, då hette det att man flydde tillsammans. De gick hem till pojken eller till någon av hans släktingar och det var det! Så även om flickans föräldrar, och pojkens också för den delen, blev arga i efterhand så kunde de inte göra så mycket åt saken. Sedan hette det att pojken, men i synnerhet flickan, var gift och det förblev så. Efter en tid gick de och skaffade sig papper från Stadsförvaltningen och familjen var klar.

— Vi var arma, pojken min, fortsatte Martia att komma ihåg. Till och med klänningen som jag hade på mig på träffen med din pappa var lånad av en väninna men han ville inte att jag skulle lämna tillbaka den. "Du hade den på dig den dagen när jag tog dig och så får det förbli! Jag skall betala den när jag får lön", sade han, och så gjorde han. Vid första lönen betalade han klänningen och vid nästa köpte han till mig ett par vita sandaler, en blus och en kjol, vilket gjorde att jag var mycket stolt över min man.

***

För de flesta var Miraveda bara en by av jordbrukare och fiskare. Den hade kommit till mot slutet av förra seklet på den fem-sex meters höga branten dit vattnet från den Stora Floden nådde när vattnet steg om våren.

Tillkommen under tiden, administrativt sett, hade Miraveda förblivit en stadsdel av Staden, översvämmad av grönska med obelagda gator utan varken rinnande vatten eller avlopp, smält av hetta på sommaren och överhopad på vintern av snödrivorna som den kalla vinden tog med sig från öst. Ändå så var platsen nästan perfekt för en lycklig barndom trots damm och lera och kanske just därför.

Byn hade varit ritad på bägge sidor av Nationalvägen som förband Staden med Huvudstaden på cirka tolv mils avstånd och däremellan reste sig tiotals byar längs vägen.

Menad i synnerhet för lokalbönderna som, genom kungligt dekret, hade fått mark, var byn bra genomtänkt med raka, långa gator parallella med vägen med samma avstånd mot varandra och korsade vinkelrät av något kortare gator även de med samma avstånd sinsemellan. På det sättet resulterade det i tjugo identiska lotter på varje sida av gatan mellan två korta gator.

Lotterna, som på ena gatan med en öppning på tolv meter och ett djup på femtio meter, motsvarade identiska lotter på andra sidan gatan var sexhundra kvadratmeter vardera. De parallella gatorna, korsade av vinkelräta, formade ett nästan perfekt rektangulärt system menat att definitivt påverka Elaurs rymduppfattning, vilket hjälpte honom många gånger i livet men försvårade också när han var tvungen att hitta någon adress i en stad med slingrande gator.

Den sexhundra kvadratmeters arean hade varit tänkt så den skulle räcka för ett hus med tre - fyra rum, tillbehör och plats för djuren i samma linje med huset men också en liten blomsterträdgård samt ett grönsaksland för familjens behov.

De flesta av de nykomna fick eller köpte två lotter som var för att även plantera en vingård, några fruktträd till barnens glädje och även ett större utrymme för hönsen.

De flesta gårdarna begränsade med staket av målade plankor mot gatan, hade sinsemellan enklare och mera oansenligt staket av trasigare plankor och torkade pinnar av solros. I början, när kommunen höll på att bildas, hade flertalet av egendomar sakta men säkert blivit små bruk där man kunde hitta förutom tiotals höns, två-tre grisar och även en ko eller en get för mjölken.

Tramians pappa, född i Miraveda, hade gift sig när han var tjugotre, bara två veckor efter hemkomsten från kriget, med flickan som troget hade väntat på honom i hela tre år. Hans hjärteflicka var från Miraveda men hon var född i grannlänet, i en by norr om huvudstaden varifrån hon hade kommit med sin familj när hon bara var en liten tös till en släkt som hade gjort en mindre förmögenhet från handeln med saltad och torkad fisk.

Martias mamma var född i Calavechi men hennes pappa hade flyttat till den byn när han var omkring åtta år från en by i norra länet tillsammans med sin mamma, en bror och tre systrar för att ta emot de 4,5 hektar mark som de hade rätt till i egenskap av änka och faderlösa efter kriget. Då de kom från familjer som hade blivit fattiga på grund av krig och svält, båda faderlösa, hade Tramian och Martia envar en välkommen genetisk blandning, vackra till kropp och ansikte men också rätt så smarta.

Studerat, hade de inte gjort så mycket utan bara fyra klasser var, även dessa gjorda med stora svårigheter på grund av avsaknaden av det mesta.

Äktenskapet började de, bokstavligt talat, från sked och gaffel. Alla gods som de hade kunde få plats i en trälåda och två-tre rottingvedkorgar.

—Tre veckor, så länge bodde vi hos din farmor, där även pappas syster bodde tillsammans med man och deras första pojke. Det hade kunnat finnas ett rum till oss också och till och med en tillbyggnad på tomten men farmor sade till oss att din pappa hade lön och han måste klara sig. Kanske spelade det roll också det faktum att båda hans äldre bröder hade ordnat det för sig, den ene i utkanten av Staden och den andre hyrde rum i Staden vid havet. Din pappa respekterade sin mammas beslut utan ett ord och en vecka efter att jag hade flytt med honom började vi leta ett rum att hyra. Vi tog ett ruckel, min älskade pojke! I tio dagar lagade vi det, rättade till de trasiga väggarna och spacklade dem med gul lera, vi bytte fönster som var uppätet av insekter, sedan gjorde vi en braskamin med spishäll och så målade vi allt i vitt så allt såg ut som nytt. Efter en paus då Martia tittade försjunken i tankar och minnen av de där åren, fortsatte hon:

—På sju år bytte vi fyra hyresvärdar. Vi gjorde det fint på varje ställe, och då husägarna såg sina rum renoverade pressade de oss att leta någon annanstans att hyra. Det svåraste var när den tredje hyresvärden bad oss att flytta. Jag hade fött Nion och Alena men vi hade också köpt material till hus så vi fick bära barnen men även plankorna och träet, fyra dörrar och tre fönster.

Den Nya Myndigheten som kom till makten efter det stora Kriget konfiskerade de första åren alla goda marker från människorna och organiserade jordbrukskollektiv. De höjde också skatterna för allt levande som man hade på gården. Med sådana skatter och i brist på näring, i synnerhet korn, minskade antalet djur och hönsfåglar uppenbart och människorna blev mer och mer beroende av allt som fanns, eller oftast inte fanns, i statens affärer.

Fisken dock, som i alla tider hade varit den fattiges mat, fanns i överflöd i Miraveda så att Martia och Tramian hittade ett till sätt att öka familjens budget, och mer än så, för att spara en peng till huset som de drömde om.

Varje år väntade Tramian på den tre veckor långa semestern som han hade från fabriken, men inte för att vila utan för att arbeta som daglig arbetare på statens temporära fiskeri nedanför branten som Miraveda låg på, där han gjorde all sorts arbeten och där betalningen gjordes i fisk i slutet av varje dag.

Det var svårt att hitta köpare till fisken som inte gick åt meddetsamma så Martia rensade och saltade den och hängde den på tork. Den torkade fisken avsedd till familjens vinterkonsumtion, när vattnet söder om Miraveda var frusen till is, var i november flyttad till husets vind.

De svåra vinterdagarna när grönsakerna försvann från grönsakslandet men också från de fattiga statliga grönsaksaffärer (de enda som fick lov att syssla med handel), klättrade Martia upp på vinden och kom därifrån med två fiskar, stelnade och öppnade som en öppen bok, som hon lade i blöt på kvällen för avsaltning. Nästa dag hade hon en massa recept för att laga den, från den välkända fisken i ugnen, med mycket gul lök, tomater och lite ris till kokt fisk

med ris och även grillad fisk som man serverade med vitlökspasta och där, efter smaken, kunde man lägga till lite tomatsås.

Så även efter att de hade flyttat till deras nya hus, innan vattnet intill Miraveda blev dränerat av den Nya Myndigheten, köpte Martia fisk varje år till att salta och förbereda inför vintern. När hon hade saltat och torkat den väl lagrade hon den i en sval grop grävd i jorden där de också hade konserverad surkål samt inlagda grönsaker till vintern. De andra årstiderna använde de gropen som kylskåp.

Under de första äktenskapsåren, i början, med en del av fisken som Tramian tjänade på fiskeriet, och sedan med fisk som var köpt av fiskarna i Miraveda hade Martia börjat en liten handel. Hon åkte tåg, de flesta av gångerna ensam och när möjlighet fanns tillsammans med sin man och de bar då femton-tjugo kilo färsk fisk var. De åkte till byarna som befann sig på fem - sex mil avstånd från den Stora Floden och här var de väntade med öppna armar, även om fisken inte var lika billig här som på ställena som fanns längs Floden.

Just för den här prisskillnaden, minus priset för tågbiljetterna, lade de två makarna peng på peng för att kunna köpa mark till huset och en del material som var nödvändiga för byggandet.

De som representerade den Nya Myndigheten, inte bara att de inte var i stånd att organisera en normal handel, utan de betraktade också de här små aktiviteterna av privat handel som olaglig och Martia riskerade inte bara konfiskering av fisken utan också svidande böter. Endast deras utseende som ärliga och arbetande människor

skyddade dem från de obevekliga vakande kontrollorganen som var installerade på tågstationer. Elaur hade hört sin mamma flera år efteråt när hon pratade med sin storebror Gicu som var kapten i armen:

—Vad var det för brott vi gjorde, min käre bror? Vi köpte fisken från Miraveda och dagen efter vaknade vi så väldigt tidigt, vi drog i fiskkorgarna ända till stationen, vi köpte biljetter och åkte fram till nästa hållplats, vi gick av tåget och åter drog vi i de tunga korgarna fram till byn. Vi sålde fisken till priserna som gällde där som var högre än i Miraveda men, hade det inte varit så varför skulle jag plåga mig själv så mycket? Vad var det olagliga som vi gjorde? Det var inte jag som bestämde priserna, varken när vi köpte eller när vi sålde, priserna kunde alla utantill. Också när vi hade sålt fisken fanns det människor som förblev ledsna för att de inte hann köpa och som bad mig komma nästa vecka igen. Gicu tittade på henne med sympati och sade:

—Så bra att du inte hade med dem att göra. De hade varit i stånd att förhöra sin egen mamma om det så hade behövts!

—Jodå, en kväll tog de oss på tåget med fyra korgar fulla av fisk. De tog av oss på första större tågstation, de tog oss till ett tomt rum och där fick vi vara nästan hela natten. Vi hade bara tre korgar kvar, den fjärde hade vi "glömt" på tåget. Och, när vi såg att de bytte skift och de nya inte visste hur fulla korgarna hade varit gick Tramian under förevändning att han var dålig i magen, jag vet inte hur många gånger, till latrinen ute på gården. Bägge var vi rädda för vad de kunde göra med oss men han, av rädslan av att bli utkastat från jobbet, tog varje gång två stora fiskar mellan skjorta och hud som han sedan kastade i latrinens grop så att bara sex-sju kilo fisk av trettio fanns kvar i korgarna när morgonen kom. Medan hon tittade på sin bror som var ganska road fortsatte hon leende:

—Om de hade varit smarta och höll av sitt folk, varför gjorde inte de själva den där handeln? De hade ju fisken och de hade pengarna samt bilarna och alla tåg var i deras händer. I slutändan tog vi ju inte någons pengar och människorna väntade glada på oss i synnerhet före de högtiderna när man brukade äta fisk. Från den resulterade vinsten köpte Martia och Tramian dörrarna och fönstren men även annat byggmaterial och besparingarna från lönen lade de vid sidan av för inköpet av tomten. Efter sex svåra år då de sparade varje peng såg Martia en tomt bestående av två lotter. Och, efter två veckor, var de ägare med dokument enligt lagen. För marken hade de gett alla sina besparingar, plus ett litet lån från Tramians bror, så de fick vänta ytterligare ett år för att resa huset. Annars hade de köpt en stor del av byggmaterialen, den generaliserade saknaden av varor gjorde att människorna köpte materialen när de fanns att köpa och inte när de behövde dem.

Följande år, under en tremånaderstid, gjorde de tegelstenar, av jord och halm, tills de uppnådde antalet som de visste av mästermuraren, för ett hus med tre rum och en liten altan, så som Martia hade sett hos en väninna i Staden. Den svarta jorden tog de från en grop som de hade grävt på bakgården, och tegelstenarna gjorde de just där, intill gropen.

Första kvällen grävde Tramian en rad jord och kastade ut den till gropens kant och därifrån drog Martia jorden och formade en rundel, med ett hål i mitten, där de skulle hälla vattnet.

Nästa kväll, när Tramian hade kommit från fabriken, började de med att bära två hinkar var av vattnet som Martia under dagen hade tagit från brunnen och lade det i två stora metalltunnor till att värmas i solen. När de hade fyllt med vatten mitt i jordhögen, började de lyfta med spaden jorden runtomkring och kasta den i mitten, tills hela jorden blev mjuk. Sedan tog Martia en stor famn av halm, och hon gick, barfota, in i den varma jorden, som kom henne upp till vaden, och blandade halmen med den blöta jorden, genom att trampa på dem. Från början lyfte Tramian upp den tunga och blöta jorden med spade, och Martia blandade med halm och trampade på. Till slut kom Tramian också intill Martia och, stödjande på varandra, fortsatte de den där dansen nästan som en rit, tills Martia förkunnade, bestämt:

—Nu räcker det! Det är färdigt, vi gjorde vårt för idag!

De gick till de två stora tunnorna och, när de hade hällt vatten åt varandra tills de hade blivit rena från jorden, tvättade de sig med rent och ljummet vatten från en annan hink. De drack också av det kalla, färska vattnet från brunnen och, slutkörda av ansträngning, gick de för att hämta sina barn hos Tramians mamma. Sedan åt de vad som fanns och somnade samtidigt som barnen.

—Klockan fyra på morgonen kom din farmor för att ta hand om er. Jag hade fått även dig något år tillbaka. Sedan kom jag och din pappa hit, till tomten, för att börja arbetet, berättade hon för Elaur. Innan han skulle till tågstationen, för att ta sex och tjugofem tåget, till fabriken, jobbade han mer än trekvart av jordhögen från gårdagskvällen. Resten gjorde jag själv, så det blev några tegelrader.

Med ett bra mönster, så som de i Miraveda kallade trädmall, fyrtio centimeter lång, tjugo centimeter bred och

femton centimeter hög, uppradade Martia de stora och svarta teglen i fyra eller fem parallella rader på den platta tomten. I den rena mallen, som blev tvättad efter varje användning, tryckte hon in jord- och halmbollarna och pressade noga i alla hörnen, så att tegelstenarna skulle bli solida och kanterna hela.

När hon hade jämnat ut väl, med handflatan, den höga delen av teglet, drog hon upp i trähandtagen fixerade på mönstrets sidor, och kvar lämnade hon en vacker tegelsten på jorden. Och en till, och ännu en, tills det blev hundrafemtio, hundrasextio. Då och då stannade hon för att dra andan och, medan hon tittade på tegelstenarna i perfekta rader, kände hon en ohämmad kraft och drömde med öppna ögon till deras framtida hus.

Efter två dagar kom de för att lyfta tegelstenarna på kant, för att de skulle torka på nedre sidan också, och när de var nästan torra, stapplades dem i en sorts pyramid, med utrymmen sinsemellan, för att luften skulle kunna cirkulera och torka dem ännu mer. På det sättet kunde de även täckas över och bli skyddade mot regn.

Först när de var helt torra bar de dem och satte dem sammanflätade i en stor, kompakt hög, som låg närmare gatan, där de skulle resa huset. De såg till, återigen, att täcka över högen som växte och växte, för att deras arbete inte skulle bli förstört av de intensiva sommarregnen, som kom plötsligt ibland.

Någon gång i juli, när även de sista stenarna var torra, tog Tramian semester från fabriken och, tillsammans med en kunnig husbyggare, som var deras granne, byggde de väggarna på en vecka, de byggde trädstrukturen till taket och täckte över med taktegel och från och med då, kunde det

regna så mycket det ville. En hel vecka, tillsammans med Tramian, fixade Martia, med spik och hammare, stängerna till taket, mellan timren som stödde sig på huset, där hela taket var fixerat. Nästa söndag, trots Tramians förargelse, som ända från barndomen brukade respektera dagen som Gud har givit till vila, bad Martia om hjälp, som brukligt var när någon höll på med ett stort arbete, så nära släktingar och vissa grannar kom för att hjälpa till. På det sättet kunde alla hennes släktingar från Calavechi komma plus Tramians syster och med förenade krafter kunde de "sätta jord på vinden", vilket betyder att de klädde med jord och halm blandade med vatten, som efter torkning skulle bli husets innertak.

Veckan som följde, med hjälp från systrar och svägerskor, arbetade Martia, med samma lera blandad med halm, menat att ersätta ett betongskikt, som stödde hela huset på utsida, och även gav ett trevligare utseende. Detta arbete tog dem tre dagar att utföra. Den mjuka jorden, blandad med halm, blev jämn och enformig, med hjälp av små redskap av trä, gjorda av plankbitar a femton gånger tio centimeter, mycket släta på ena sida och med ett litet handtag på den andra.

Alla väggar på insidan, taken och jordgolven, gjorde Martia själv, först med gul lera och halm, för att sedan göra klart enligt traditionen här, genom att täcka över den med gul lera blandad med vatten samt hästgödsel som inte bara gav ett bättre utseende, men respektive skikt blev också mer resistent och skyddat från sprickor.

Under tiden hade Tramian köpt fem-sex säckar med kalk, som han blandade med vatten, i en liten grop, grävd intill huset och med vilket Martia tvättade rent alla innerväggar, innertaket och så även golven. På det sättet löste man estetiken, med det var också bättre och det mest tillgängliga desinfektionsmedlet. Med samma vita kalk täckte de även de tre vedspisarna, byggda av bränt tegel och gjorde färdigt med samma gula lera.

Och så, omkring slutet av september, kom den stora flytten, men inte utan den traditionella gudstjänsten, där fader Baicu, som Tramian kände sedan han var liten, gav dem en stor ikon med Madonnan med Barnet, helgad och fint inrammad, som gåva.

Nästa söndag bjöd Martia in sin släkt på en tuppsoppa med hemgjorda nudlar och kyckling med potatis i ugnen. På det sättet tänkte hon förvisa sig om ugnen fungerade bra i rummet som tillfälligt vad avsett som kök tills de skulle samla på mer pengar för att kunna bygga ett riktigt kök, vägg i vägg med huset.

Tramian tog även han, till bordet, en flaska brännvin och fem vinflaskor, som han hade grävt ner i jorden förra hösten, just för det här evenemanget, på ett ställe som bara han kände till. De festade fram till kvällen, lyckliga för deras hus, som fortfarande luktade kalk och oljefärg, men från vilket ingen kunde be dem att flytta ut. Någonsin.

KAPITEL 3

Elaur hade bara få trevliga minnen kvar från de första två skolåren. Han hade kommit till en experimentell klass, med olika lärare, i matte, musik, bild och idrott. För kalligrafitimmarna hade de en gammal lärare, som även var vicerektor. För ämnet läsning, hade man fått en lärare, en man som var gammal och mild, men blasé, som även hade mentorrollen. I tredje klass, efter den gamle lärarens pensionering kom, i stället för honom, en mycket yngre lärarinna, som Elaur tyckte mycket om, redan från den första lektionen.Lästimmarna omvandlades, som genom ett under, till spännande sagor, följda av diverse tävlingar, "vem som räcker upp handen först", dvs exakt motsatsen till de grå timmarna i den gamle lärarens sällskap, timmar som blev enformiga och plågande, tills den räddande klockan bröt skolkorridorens tystnad.

Den nya mentorn hade, i sin tur, blivit glatt överraskad av uppsatserna som han skrev och som gav honom tre tior, på bara två veckor.

—Jag är ledsen på dig, Elaur! Du är smart, men du har inte vett att göra ditt eget bästa, sade Fröken Dida till honom, på nästa lektion. Det var andra gången när han hade kommit med läxan ogjord, och mentorns ord lät mer som besvikelse än kritik. Elaur, som visste hur enkla hemläxorna var, försökte rädda situationen:

—Men jag kan göra dessa övningar! Bättre om ni hade gett oss en uppsats!

—Nu är det jag som bestämmer hemläxorna, och de är obligatoriska för hela klassen! Att du vet hur man löser dem tar inte bort din skyldighet att göra det. Så här gör vi! Jag ska inte förstöra ditt resultat nu, men om du låter bli att göra läxorna en enda gång mer, då får du inte bara en trea, utan två treor!

—Kanske... tre treor! Hördes från sista bänken. Det var pojken som gick om trean. Han såg ut att vara minst tre-fyra år äldre än de andra.

Fröken Dida väntade tills de få godkännande skratten som hade kommit efter hans replik tog slut, sedan sade hon med sin samma milda röst:

—Jag ser att du är bra på räkningen! Om du var lika bra på läsningen, då skulle vi kunna prata!

Varken perspektivet av ett dåligt betyg eller de grova skämten som följde på rasterna sedan, gjorde att Elaur blev så ledsen än det faktum att han hade gjort Fröken Dida besviken. På lästimmen, nästa dag, frågade Fröken Dida, som vanligt:

—Vem vill läsa uppsatsen som ni har haft som hemläxa?

Meddetsamma hördes från sista bänken, en tillgjord röst, för att inte bli igenkänd:

—Han som är smart, men inte har vett att göra sitt bästa! Fröken Dida tittade mot klassen, sedan sade hon:

—Vänta! Vänta en sekund! Så här gör vi! Du, Elaur har en uppgift att göra här i klassrummet, du skall skriva en uppsats. Under tiden jag jobbar med dina klasskompisar skriver du en uppsats med titeln "Min mamma"!

Lite rodnad av den lilla provokationen som Fröken Dida använde sig av för att klargöra saken, bad Elaur om att få använda blyertspenna och suddgummi i stället för bläckpennan som han inte tyckte så mycket om. Med skrivboken framför sig och pennan i handen, tog Elaur några sekunder till sig för att titta genom fönstret åt det hållet där deras hus fanns och där sin mamma, antagligen, med maten kokande på spisen, gjorde även andra arbeten i hushållet, tills han kände en behaglig värme, som om hon hade varit bakom honom, smekande hans huvud. Orden hade börjat överflöda i hans hjärna, de rann med lättnad på skrivboken framför sig och endast stunderna när han använde suddgummin för att sudda något ord eller även en mening som han inte tyckte om, tog honom ur det där speciella tillståndet så mycket som att han skulle märka hur nyfiket klasskamraterna, i synnerhet flickorna, tittade på honom.

Fröken Dida, som gick fram och tillbaka mellan bänkraderna, kastade en blick då och då i hans skrivbok och innan rasten hade hon sparat den nödvändiga tiden för att Elaur skulle läsa högt det han hade skrivit. Hon hade satt sig vid katedern med vänster arm under hakan, med en inlindande, nästan moderlig blick fäst på Elaur. Hon lutade huvudet lite åt vänster som om hon ville höra bättre det som han läste. När han hade slutat läsa, lyfte han ögonen mot katedern, och detsamma gjorde de andra som väntade på Fröken Didas dom. Den kom efter några långa sekunder, då hon hade tittat en stund genom fönstret:

—Du har redan tre tior! Du får då inget betyg idag, men du ska få en särskild hemläxa!

Efter en liten paus, då hon tittade meningsfullt mot klassen, fortsatte hon med en röst som var varmare än någonsin:

—När du kommer hem, ber du din mamma att sätta sig på en stol, och talar om för henne att hemläxan som du fick av mig är att läsa upp den här uppsatsen för henne. Är vi överens?

Från den stunden slutade de dumma skämten, men uttrycket "att vara smart, men inte ha vett att göra sitt bästa", det förföljde Elaur i många år som ett heligt mantra som skyddade honom från att göra saker halvhjärtat, men också påminde honom om att han hade den bästa mentorn, som någonsin hade funnits.

De nästa följande två åren, under vilka han inte en enda gång hade svikit Fröken Dida, blev han, från den mediokra eleven som anmärkte sig mest genom den rikliga energin som bubblade ur honom på rasterna, en av dem tre första bästa i klassen och året därpå blev han tvåa. Och, som lyckan alltid ler till de som vet att glädjas av den, fick Elaur veta att hon skulle bli hans litteraturlärare och mentor även första året på mellanstadiet.

Sommaren innan femte klass hade Martia sparat alla pengar till att förberedda Elaur för skolans början. I början av september, tillsammans med Elaur, stod hon i kön i affären för barnkläder, byggd av breda, icke hyvlade plankor, på den årliga, traditionella marknadens mest centrala gata, norr om Staden. Än var det tidigt, så de hade inte många personer framför sig i kön. Bland dem var en av Martias vänner från Miraveda, som hade kommit med sin lilla flicka för att köpa uniform och skrivböcker för klass ett.

—Bravo, Martia! Titta vilken stor pojke du har! Förtjänar han att du köper nya kläder och saker till honom?

—Hur skulle han inte förtjäna det? Han har gått ut fyran som näst bästa! Och så när Fröken Dida gav priset till honom, sade hon på scenen, framför allt folk som fanns där, att hon ville att han skulle ta hennes plats när hon skulle sluta på skolan i Miraveda. Jag fick glädjetårar och på vägen hem kände jag att jag hade vingar, så fötterna inte rörde till jorden!

Väninnan tittade förundrat på Elaur och, med en liten knuff på hans axel, sade hon:

— Är det på det viset, pojk? Månde det vara så att du blir någon stor herre, att du inte ens känner igen oss på gatan! Blygsam, hann inte pojken säga ett ord, förrän hon, framme till säljerskan, sade till Martia:

— Gå förre, du, jag vill titta lite till på vad jag kan köpa åt min flicka!

Martia bad om en skoluniform som Elaur provade direkt där, tog de blå byxorna utanpå de korta byxorna och jackan utanpå den blå skjortan och knäppte alla knappar så att det skulle visa sig att det fanns plats med en pullover under den. När hon hade bett att få två vita skjortor och två blåa, några undertröjor och en svart shorts till idrotten, bad Martia säljerskan att få notan. Säljerskan, som kände Martia väl, tog fram en rutig kappa, med svart, blå ock lila rutor, och frågade:

— Vill du inte ha något sådant? Martia tittade med en lätt ledsamhet mot Elaur och tänkte att hon inte hade någonstans att låna pengarna ifrån, så hon svarade:

— Åh, vad den är vacker! Pojken förtjänar den, men med pengarna som vi har kvar måste jag köpa mapp och skolböcker åt honom!

— Ingen fara! Jag lägger undan en till dig och efter marknaden kommer du till min affär i Stan, på " Två små kaniner", blir det bra?

När Martia bejakade, lutande en aning med huvudet, gick båda vidare, till "Vår bokhandels" kö, där, efter en timmes väntan, hade Elaur valt sig en svart mapp, av konstgjord skin, med två orangefärgade dragkedjor på sidorna, som gav mappen en gladare aspekt. Sedan bad Martia om lite till:

—Fem linjerade skrivböcker, tre rutiga, två enkla, tre pennor, en färglåda, en ordbok, en kompass och lite andra små saker. När Elaur hade lagt allt i sin nya mapp och Martia fick betala, då sade hon:

—Jag tror att allt det här räcker än så länge. Vi köper mer när du behöver! Nu ska vi gå till de där karusellerna så du får åka, inte ska vi lämna marknaden utan att du har fått glädja dig av allt det här!

Under en timme sprang Elaur från en karusell till en annan och tillbaka igen, där han åkte tre gånger i rad och tillbaka till den första, där han inte accepterade åka något annat än "satellit".

Efter allt åkande tog Martia honom till försäljningsställen där han fick köpa en blå gummiboll, en visselpipa, en vit-blå-randig tröja samt en mörkblå keps med en liten gul, broderad ankare på framsidan.

Hon betraktade honom lycklig och för att allt skulle bli så bra som hennes kärlek till honom krävde, gick de och ställde sig i kön på den stora kafeterian som sände underbara dofter över hela marknaden och köpte fyra stora, varma munkar, väl rullade i florsocker blandat med vanilj samt två flaskor iskallt fruktsaft!

När de hade ätit munkarna och kylt ner sig med saften, gick de till marknadens utgång där en ny glädje väntade på Elaur. Redan från ankomsten hade Martia sett glassförsäljaren som i vanliga fall stod på Stadens permanenta marknad och sålde glass på pinne från hans välkända fryslåda. Han hade den bästa glassen i Staden. Hon köpte tre glassar och gav en av dem till en liten zigenarpojke som tittade med stora ögon på lådan med glass, och sade:

—Här, ta du också en glass, lille vän! Tänk väl bekomme! Det är för min pojke Nions själ. När de hade ätit var sin glass köpte Martia två till och de började gå mot Miraveda, njutande av dem, på vägen som gick parallell med tågrälsen.

När de hade passerat kvarteret Två Tuppar gick de försiktigt över tågrälsen och fortsatte mot korsningen som kallades "Förvirra folk", efter det folkliga namnet på en försvunnen krog. Fram till inte så länge sedan, fastnade där många män, först för att ta ett glas och sedan fler, spenderande mycket pengar av dem som tjänades på marknaden mot en liten gris eller några sålda korn.

Därifrån tog de höger på Nationalvägen, längs arméns förläggningsplatsmur, som var grå och ganska hög, och vidare, längs den ståtliga byggnaden av Jordbruksgymnasiet och så kom de till kvarnen som fanns just vid ingången till Miraveda.

September hade startat med somriga temperaturer och glassen, förutom kylarkänslan, kom att öka välbefinnandet till de båda. Elaur gick stolt med mappen i handen som en välförtjänad trofé, samtidigt som Martia var överväldigad av en stor tacksamhet som man lätt kunde ana i hennes ögons glans, men också i det breda leendet som hon såg på sin pojke med.

***

Efter fem veckor från femmans början, verkade allting att fortskrida väldigt bra. För det första hade han vunnit mattelärares, Fröken Parvus, gunst. Sedan var han även Herr Leacus favoritelev, han som hade litteratur med de större klasserna. Händelsen med Codrut hade uppdagat sig och nu väntade han sig konsekvenserna. De senaste tre åren hade Codrus, Butulan och den minsta av bröderna Basamac, skrämt Miravedaskolans elever.

Från fyllo-och bråkmakarfamiljer, fruktade av alla, skrämde de två inte Elaur som Codrus gjorde, även om han kom från en lugn och ganska förmögen familj. Han hade repeterat klass fem och sex, och nu, när han var nästan sjutton år repeterade han, av medicinsk anledning, klass sju. Till och med lärarna var rädda för honom.

Den ende som Codrus undvek var Herr Elian på idrotten, en man på trettiofem år, inte för lång, och inte för atletisk, men kraftig och i synnerhet orädd.

Den här saken hade Elaur förstått när, på mindre än två veckor från femmans början, en kväll när Codrus och Butulan hade ställt sig på var sin sida skolans entré och kontrollerade de minsta elevernas fickor och delade knuffar till dem som inget hade i fickorna.

På väg mot dörren, såg Elaur att Lefan, hans bänkkamrat, hade just fått en stor näve bakom huvudet av Butulan–och då vände han sig plötsligt, uppför trappan mot första våningen, där hans klass fanns. Provocerad av hans åtbörd, började Codrus springa efter honom, och tilldelade honom en hård näve i ryggen, mellan skuldbladen, så att Elaur ramlade ner på golvet.

Då öppnades klassdörren och matteläraren kom ut och såg Elaur ett med golvet, och Codrus ovanpå honom.

—Hallå där, släppte hon ur sig, i ett försök att visa sin auktoritet. Även hon var rädd för honom. Medan han lyfte indolent ansiktet mot henne, tittade Codrus på henne, oförskämd och trotsande, i två-tre sekunder, sedan vände han sig utmanande och gick sakta mot utgången.

Fröken Parvu, med en fysisk defekt som var ganska synbar när hon gick, närmade sig sakta Elaur och frågade honom hur det gick. Sedan, av fruktan för att individen skulle komma tillbaka, skickade hon en flicka för att tala om för idrottsläraren vad som hade hänt.

När Herr Elian fick reda på allt, började han springa mot elevernas utgång, men de två ligisterna som hade sett honom, sprang fortare och försvann sedan, på en avsides gata.

Till detta, svårligen acceptabla angrepp, lade sig till nu det förödmjukande fallet, samt grinden som hade slagit honom hårt. Allt det där hände i Elaurs minne och endast för honom. Just när han funderade på vilket sätt han skulle be Herr Elian om hjälp, blev han bjuden att komma in på biblioteket och han, med en nästan mekanisk gest, lade på bordet boken som skulle returneras.

När hon hade tagit reda på hans namn, började fröken Alicia söka efter hans lånedokument. Hon bekräftade återlämnandet och visade sedan honom hyllorna där det stod "fem" på.

Elaur var inte överlycklig när han var tvungen att välja böckerna endast från hylla "fem", här hittade han knappt några böcker som var lockande.

Med tanken på Codrus och hur han skulle kunna presentera till Professor Elian denna sista händelse ikväll, bläddrade han frånvarande genom de nötta böckerna som stod på hyllorna, när han såg en flicka som stod mellan hyllorna till klass sju och de två hyllor till klass åtta.

Flickan gav honom ett litet tecken för att han skulle närma sig. Han gick blygt mot henne, imponerad av hennes otroligt vita ansikte och vågade inte lyfta blicken mot hennes blåa ögon. Med hjärtat slående hårt av nervositet, försökte han förstå vad hon ville honom. Hon föreföll åtminstone två-tre år äldre och hennes smala kropp skymtade genom en lätt klänning i pastellgrön färg. Ovanpå klänningen hade hon dragit en tunika i mörkgrönt med ljusgröna broderier vid ärmar och krage.

—Här, sade hon, du kan låna den här boken! Hon sträckte honom en bok med glittriga pärmar i blå-grönt utan någon särskild bild. Han hann bara läsa författarens namn, Daniel Defoe. Han tog boken, tacksam att han hade blivit av med de barnsliga böcker till klass fem, och blygt, innan han kom fram till bibliotekariens bord, lyckades han läsa även bokens titel, "Robinson Crusoe"

—Vad har du gjort, käre pojke? Du hoppade direkt till klass åtta, sade bibliotekarien tittande på honom koncentrerat ovanpå sina läsglasögon och log mot honom. Hon kompletterade bokens namn samt författare och en siffra som stod på första sida, sedan gav hon boken till honom och sade:

—När du lämnar tillbaka den, ska jag kolla att du verkligen har läst den!

Han tog boken, förvirrad av flickans blå och leende ögon, som road följde honom med blicken och började gå mot sitt klassrum, som fanns på våningens motsatta håll. Han kunde inte alls förstå, vem hon var, eller vilket samband som fanns mellan henne och bibliotekarien Alicia.

Först när han hade kommit hem och efter kvällsmålet, när han öppnade boken, förstod han vilken underbar bok den mystiska, så vackert klädda flickan, hade rekommenderat honom.

KAPITEL 4

Martia älskade Elaur med en desperation som bara en kvinna som förlorat en son kunde känna och hans skolresultat gjorde att hon drömde med öppna ögon. Hon kunde föreställa sig honom, ömsom lärare på skolan i Miraveda, ömsom officer i armen som hennes bror, Gicu. Med endast fyra år i skolan i Calavechi där hon gick varannan och var tredje dag, eftersom hon behövdes hemma för olika arbeten, hade hon lärt sig att skriva och ännu mer at räkna och där var det få som var bättre än hon.

Med en medfödd förmåga för handel, kunde hon öka familjens budget genom att gå, på söndagsmorgnarna till Stora Torget, där hon sålde rädisor, grön lök och någon vitlök från grönsakslandet. Hon överraskade "damerna från Staden" med sina färska och fina varor, men ännu mer imponerade hon med sin exakthet i räkningarna.

—Så här har vi: rädisor, sju knippor a noll komma sjuttiofem blir fem och tjugofem. Lök, fem knippor a noll komma femtio blir två och femtio, och vitlök, tre knippor a noll komma sextio blir en komma åttio. Totalt nio komma femtiofem. Ni får en till knippe rädisor på köpet, så blir det tio!

Med sitt strålande ansikte, som inspirerade förtroende, sålde hon lätt varorna på ståndet och hon kom kvickt hem med dem tjänade pengarna, varav hon tog lite, bara så lite som för att köpa lite pepparkaka åt barnen.

Sedan, när Tramian kom hem från kyrkan var maten klar och bordet dukat.

Elaur tyckte om att höra hennes berättelser, särskilt de regniga söndagarna, då hon, efter lunchen, knådade deg till munkar, sedan lät hon degen att jäsa, övertäckt med en ren handduk och med en päls ovanpå för att det skulle jäsa snabbare. När degen var redo, bredde hon den på bordet och skar den med en mugg så det blev runda munkar som hon friterade i het olja, i en stor panna, på båda sidorna.

I den heta oljan svällde munkarna något så otroligt, de blev nästan som runda bollar, som hon sedan tumlade i en porslinsskål, där hon hade lagt en påse florsocker och två små påsar vaniljsocker. Sedan lade hon dem i en ännu större, emaljerat skål, därifrån alla tog för sig. När de sista munkarna var klara, satte hon sig vid bordet, ihop med de andra och tittade lyckligt på hur de åt av hennes väldoftande munkar. Då började hon berätta:

—När jag var flicka, hemma i Calavechi, bad mamma endast mig att göra munkar och hon var alltid stolt att jag gjorde de bästa munkarna i byn. På Julafton gick barnen från dörr till dörr för att lyckönska, så som de brukades i Miraveda. Byn delades i två lika delar och i två stora gäng, en för varje halva av byn. Gänget som lyckönskade vår del av byn stannade längre i vårt hus, därför att vi var fyra flickor i huset, men också för att din morfar väntade dem med lerkrukor fyllda med rödvin och vi flickor, med en stor träbalja, full av munkar.

—Vi levde gott, mina älsklingar, för att alla arbetade vi, dels på familjens mark, dels hos den rike mannen som hade så mycket mark, att han var tvungen att anställa folk. Vi hade tillräckligt med mjöl, majs till djuren, men även för familjens polentabröd, tio-femton får, tre kossor, två-tre grisar, men det var också nio munnar att mata.

Din morfar var så mild, men Gud bevare dig att han skulle finna att du ljög, eller latade dig. Om du inte arbetade, så var det inte nog med att du inte fick mat att äta, men du hade med honom att göra även efter det att du fick din straff av pappa, så du ville inte göra om det misstaget!

Förutom Julgrisen och Påskalammet som var lag i hemmet, offrade han under året en till gris som vi gjorde sylta och korvar av men också friterat kött som vi lade i fett i stora plåtburkar. Det hände att han offrade något får. Av det gjorde man "isbit" och om det var närmare våren, tillredde man köttet och korvarna och hängde dem på tork under takfoten.

—Hur menar du, "gjorde isbit?" Satte de den i is? frågade Elaur nyfiken.

—Nej, pojken min, så hette det bara, isbit.

Men den var inte frusen. Man kokade fårköttet med kryddor, och två-tre lökar, och det kokade tills köttet ramlade av benen och det var lite sky kvar. Det där köttet, väl kokt och kryddat, delades i två eller tre träbaljor, sedan hällde man lite het sky ovanpå och man lade dem i skafferiet där det var svalt. När det blev kallt stelnade köttet och den där feta skyn och det såg ut som ett isblock, därifrån namnet. Vi skar med kniv av den och åt med varmt bröd eller polentabröd och vi var friska, mina älsklingar!

Efter en liten paus, då hon också åt en munk, fortsatte hon:

—Två gånger i veckan förberedde er mormor mjölken.

Hon hällde den i fem-sex lergrytor och också de skulle stå i skafferiet, i svalt. Efter två-tre dagar samlade vi grädden som vi lade i ett kärl ibland och vi slog och vispade så handen domnade, för att göra smör.

Förutom vad vi åt, hade er morfar många kunder i Staden som köpte grädde, smör, och ibland hela bägaren full. Yoghurten, som var bra för magen, var också ett bra medel mot huvudvärken, efter en kväll när man hade druckit sig full.

—Jag kommer ihåg hur han spände hästarna till hästvagnen och han gav sig i väg till Staden, där han var väntad med filmjölk och yoghurt. Det var så tjock grädde att den kunde skäras med kniv, hembakat bröd, så även ett får tillagat som isbit och så färska ägg, någon välgödd tupp eller anka.

—Han gick inte till marknaden! Han hade sina kunder i Staden och det blev aldrig några varor kvar. Han kom tillbaka till kvällen när han hade köpt salt och socker, kryddor, lite olja och en behållare med gas till lamporna, men också pepparkakor, och en låda med turkisk halva.

Han hade kort stubin, men annars hade han ett stort hjärta och han älskade oss alla fem. Han stoltserade med sina barn, om han träffade kompisar för en öl, på byns krog om söndagar, eller när de startade, sju-åtta hästvagnar, för att ta sig till marknaden och sälja var och en vad de hade: vete, majs, en gris, en kalv och andra fåglar och djur.

En vinter, när jag var omkring nio år, åkte pappa tillsammans med Gicu, min storebror, med arbete till Staden. De åkte kälke dragen av två starka hästar som var pappas stolthet.

Vad de gjorde och var de dröjde vet man inte, men det blev sent på kvällen innan de kom tillbaka. Plötsligt, när de passerade Trestichidalen blev hästarna ängsliga, började kämpa och drog i kälken i ett galet springande i snön som kom ända till deras knän.

—Din morfar, som visste vad som var i görningen, gav tömmarna till min bror som var knappa sexton år och sade: "Var inte rädd, min pojke! Driv hästarna mot byn och håll hårt i tömmarna! De har känt av vargen, men var inte rädd, jag löser det här!"

Sannerligen, från höger, springande i snön, kom emot de, inte en varg, utan tre och de gav sig efter kälken.

—Pappa hade sett varg förr, det är ju alltid farligt, men då var det en enda varg, och då var de fyra män, väpnade med storgafflar och två stora hundar, så det var inte svårt att få vargen att springa sin väg. Den här gången dock var det tre vargar på ett och samma ställe och han hade bara pojken och en enda storgaffel men han tappade inte huvudet. Han tog storgaffeln och stack den i en av de av de fyra majskärvarna som han hade tagit med i släden. Han blötte dem med lite fotogen, av en flaska som han alltid hade med sig och när vargarna hade kommit sju-åtta meter bakom släden så tände han en tändsticka och kastade mot dem. Skrämda av elden höll vargarna sig kvar lite bakom släden, men de fortsatte att följa den och de verkade inte vilja ge upp. Då gjorde er morfar samma sak med nästa kärve, som han tände och kastade mot vargarna. Min bror höll hårt i tömmarna medan hästarna frustade och stegrade upp sig, vilda av upphetsning. En liten stund senare höll morfar vargarna borta med den tredje kärven.

Det hade blivit kväll och, i och med så mycket snö, visste de inte hur länge det kunde dröja tills de nådde fram till byn, oroliga med tanke på att det fanns en enda majskärve kvar. I samma stund som morfar vände sig för att tända den också, såg han, på den svarta himmeln, vita rökspringor komma ut från skorstenarna av husen i Calavechi. Han tände den sista kärven men vargarna ville inte ge upp utan de närmade sig ännu mer. Först när släden körde in i byn och sista kärven var nästan nerbrunnen stannade de precis vid första gården. Från gårdarna i byn började fler och fler hundar skälla, retade av viltlukten. Vargarna gick i cirklar ett par gånger och sakta vände de tillbaka mot fältet och smälte in i mörkret.

—När er morfar såg vargarna vända, tog han tömmarna och lugnade hästarna, sedan började han ropa, så högt han kunde: "Vargarnaaaa! Vargarna, gott folk!" och så en gång till då de svängde in på vår gata. När de kom in på gården och vi såg vår bror vit i ansiktet, i synnerhet för att vi hade hört pappas sista utrop, sprang vi, barnen, in. Bara mamma stannade kvar därute för att ta reda på vad som hade hänt.

Pappa kom ner till er mormor, släppte hästarna från släden och lugnade dem, han gav henne tömmarna och sade:

—Vi blev förföljda av tre vargar, från Trestichidalen och ända tills vi kom in i byn. Ta hästarna, du och Gicu, ta dem in i stallet. Stäng dörren noga, ta sedan en trasa och torka dem väl och täck över dem med någon filt. Ge dem inget vatten innan jag kommer tillbaka, de är för varma än.

—Jag tar min bror och går för att meddela folket och borgmästaren så inte bestarna kommer in i byn och ställer till något elände!

Med högaffeln i ena handen och vår hunds kedja i den andra handen gick han direkt från vår gård till sin brors gård. Brodern hade hört pappas rop och hundarnas skällande och hade redan kommit ut. Med två grannar till, beväpnade med storgafflar och med tre stora fårhundar, gick de och varnade folket hela vägen till borgmästaren.

Borgmästaren gick först och kollade sina egna stallar och svinstian sen gick han tillsammans med de andra männen och meddelade hela byn. Han förbjöd människor att gå ut nattetid och bestämde att krogen skulle stängas. På våra åkrar fanns inte några vargar men ibland, när den Stora Floden frös till is, kom de från den andra sidan vattnet och gav sig på människornas djur och även på människorna. Det hade hänt att människor blev uppätna av vargar.

Medan han satt och lyssnade på sin mamma med stora öron och försökte föreställa sig hur en varg såg ut, på något konstigt sätt fick Elaur framför sig Codrus ansikte. Det hade gått fem dagar fulla av rädsla och all slags försiktighetsåtgärder utan att han hade visat sig i skolan eller i dess närhet. Nu tänkte han att han måste till skolan nästa dag och risken att möta honom igen var stor. Han funderade på att berätta det för sin pappa eller för herr Elian, men varken pappan eller läraren kunde vara med honom hela tiden, i synnerhet på vägen mellan skolan och hemmet.

—Vad hände, min älskling? Vad är det du tänker på? Med ett ryck, tog Elaur en till munk, mer för att få lite tid att tänka, sedan sade han med ett leende:

—Jag tänker på morfar! Att jag inte har lärt känna honom...

Eftersom mammas berättelser var slut för den dagen och hon tog på sig för att gå ut och mata grisarna och mjölka kon, gick Elaur till sovrummet med tankarna samlade på den spännande läsningen som väntade honom även ikväll. Robinson Crusoe och hans otroliga saga hade fyllt de senaste kvällarna och även hela lördagsnatten. Han somnade inte förrän i gryningen. Martia, som råkade vakna, kom och släckte hans lampa. Varenda gång han såg den boken med glansiga pärmar gick hans tankar till flickan som hade rekommenderat honom den. Han försökte förstå vad hon gjorde på biblioteket och hur hon kunde veta att hyllan med böcker för femte klass inte kändes spännande alls för honom.

Dagen efter vaknade han runt niotiden och när han hade gjort sin hemläxa i matte och ätit något i köket förberedde han sin väska och började gå mot skolan, en halv timme tidigare.

Besluten gick han samma väg och när han hade precis gått in på parallellgatan, några knappa meter framför sig, såg han plötsligt Basamac komma ut från en gård. Elaur stannade skrämd, han tittade först bakåt och sedan framåt varifrån två äldre kvinnor närmade sig, men Basamac sade till honom med lugn röst:

—Var inte rädd, jag skall inte göra dig illa! Kom, så går vi tillsammans till skolan! Jag tänkte just fråga dig en sak! Säg mig, heter inte din syster Alena? När han hörde Alenas namn, medveten att han inte hade någonstans att ta vägen, gick Elaur några steg mot honom och sade en strangulerat "ja".

—Då var jag klasskompis med henne i fyra år.

Utan att veta om näven mottagen av Codrus, fortsatte han:

—Säg mig nu, hur har du kunnat reta Codrus så? Jag har aldrig sett honom så rabiat förut? Elaur visste att händelsen från skolan och det faktum att han måste springa ifrån herr Elian hade retat gallfeber på Codrus, men han sade:

—Det vet jag faktiskt inte! Jag har aldrig pratat med honom! Jag vet inte ens varför han är arg på mig!

—Så här är det kompis: du har tur ännu så länge. Ett tag är du av med honom. I onsdags blev han intagen på sjukhuset och nu är han skickad till ett sjukhus i Huvudstaden. Men, du ska låta bli att komma i hans väg för jag tror inte att det här går över så snart!

De gick tillsammans ända till den gatan skolan var på, där precis om hörnet, för att inte bli sedda från skolan stod tre killar från åttan och rökte var sin cigarett.

—Vad gör du här, Basamac? Har du hittat släktingar på denna gata också?

—Ja, det är mormors kusin, sade han hånande.

Utan att titta mot dem gick Elaur sin väg, lycklig för att han, åtminstone för en tid, hade blivit av med Codrus och dessutom visste han nu att Basamac inte skulle göra honom illa.

Dagarna gick bättre för Elaur och för de andra, kanske också tack vare att Basamac hade bestämt sig att klara åttonde klass med bra resultat, när hans fyraårs äldre bror hade sagt till honom, en kväll:

—Din idiot! Du kommer att göra om åttan, bara för att du är dum! Att du inte ens gick till omtentan! Hade du gjort d et så hade du fått ett betyg bara för att avsluta året. Skolverket vill inte ha elever som går om året. Lärarna får kritik för det. Håll dig borta, för helvete, från Butulan och Codrus och avsluta åttan så du kan gå vidare och bli traktorförare. Annars är det bara att ta de tyngsta jobben!

Nu, när Codrus inte var närvarande, hade Basamac lugnat ner även Butulan, han hade till och med hjälpt Elaur en gång när en kille tog ifrån dem bollen som de hade börjat leka med på skolgården.

Elaur hade börjat tycka om mattetimmarna också, i synnerhet för att han ganska lätt hade fixat sina betyg för första terminen. Han hade fördel av lärarinnans metod, som föreslog att de skulle lösa ett problem från matteboken och den första som hittade lösningen fick en tia (högsta betyget).

Å andra sidan hade fröken Dida, på litteraturtimmarna utanför skolprogrammet, förklarat för dem tekniken att skriva dikter med exempel på olika sorters rim: ihop parade, korsade, flätade rim och även måttet, då hon använde sig av fingrarna för att räkna stavelserna.

Fascinerad av allt som han lärt sig kom Elaur till litteraturtimmen två dagar senare och gick fram till katedern med fyra dikter om fyra-fem verser var, uppskrivna på hans linjerade block. När hon hade läst dem, tittade Fru Dida förtjust men också lite förundrad på honom:

—Har du komponerat dem själv? Eller var det någon som hjälpte dig?

—Nej, Fröken! Det är jag som har gjort dem! Jag tycker om det! Fröken Dida ville att han skulle skriva av dem från sin bok på några pappersark hämtade från lärarrummet. Hon tog dem med sig och sade:

—Spara de här dikterna och om du skriver fler så ska du ta med dem till mig, jag vill läsa dem!

Två dagar senare blev han kallad till lärarrummet av herr Leacu som också han hade läst bladen med hans dikter, och som sade till honom:

—Lyssna, pojke! Så här är det! Jag gillar dikterna som du lämnat, men jag vill inte göra bort mig i Staden! Till mig ska du säga kvickt! Om du har hämtat dem någonstans ifrån, även bara delvis, så kommer ingen att göra stor sak av det. Men du säger det till mig och vi lägger ner det!

—Herr professorn, jag har inte stulit något! Jag har även skrivit två till igår, men dem har jag hemma.

—Bra! Följ med mig! De gick tillsammans till biblioteket, där Fröken Alicia, fast hon hade glasögonen på näsan läste över dem i en bok som hon höll ganska långt ifrån sig, i vänster hand, samtidigt som hon antecknade något på ett block med höger hand.

—Jag har kommit hit med Elaur, jag vill att han skriver en dikt till mig. Får han sätta sig vid det där bordet? När Fröken Alicia beredde plats till honom vid ett bord intill ett av dem tre fönsterna, sade herr Leacu:

—Lyssna, du får titeln av mig! Jag vill att du skriver en dikt som heter "Mitt land"! När du är klar, kommer du och lämnar den till mig i lärarrummet.

Full av temperament och energisk av sig, till och med lite kaxig mot andra lärare, kände Elaur sig blyg framför herr Leacu, kanske också för att han visade sig auktoritär mot alla, log sällsynt och när han gjorde det så var det på ett sarkastiskt sätt.

Men han gillade sådana provokationer!

Bibliotekarien, som satt vid sitt skrivbord, kunde inte se honom, och han började redan tänka dem första två verserna som rimmade med varandra, räknande stavelserna på sina fingrar. När han hade skrivit dem fortsatte han med två verser till som rimmade med varandra och med samma antal stavelser, sedan läste han tre-fyra gånger hela versen, missnöjd med sista ordet. För att ersätta det började han leta bland alla ord som han visste och som hade samma rim, men inget var honom tilltalande. Till slut hittade han på ett annat par rim. Han suddade dem två sista verserna och ersatte dem med två andra med respektive rim. Nu tyckte han att det lät bra, men det blev inte bra när han räknade stavelserna. Den sista raden hade en stavelse mindre. Han ersatte ett ord med ett annat som var en stavelse längre. När han hade läst om hela versen gick han vidare till nästa. Efter mer än en halvtimme när den femte och sista versen var klar, lyfte han ögonen och i bibliotekets andra ända såg han den flickan som hade rekommenderat honom Robinson Crusoe. Hon tittade koncentrerat på honom med ett mystiskt leende samtidigt som hon visade honom en bok med bruna pärmar vars författare inte kunde läsas på distans. Titeln "Noveller", skriven med guldiga bokstäver, samma guldiga som författarens namn men med större bokstäver, syntes tydligt.

Också den här gången var hon annorlunda klädd, i en klänning av mörkröd sammet med guldiga broderier runt halsen, längst ner på de vida ärmarna samt på fållen som täckte över hennes knän.

Han tittade förstummat på henne. I den där klänningen och med håret långt och vågigt föreföll hon mer som om hon hade kommit ner från någon bok som befann sig på hyllorna.

När hon hade lagt boken på fönsterkarmen log hon mot honom en gång till, diskret och med en liten adjövinkning, försvann hon på gången bland hyllorna som ledde till dörren.

Efter mer än en minut då han tittade konfunderad efter henne lade han framför sig de tre bladen, varav bara ett var skrivet, och gick för att hämta boken "Noveller" av Maxim Gorkij. Sedan gick han fram till bibliotekarien, tackade för pennan och suddgummit som han lade på bordet framför henne och sedan sade han bedjande:

—Fröken Alicia, snälla, kan ni registrera mig med den här boken också, för att... jag är klar med Robinson Crusoe som jag skall lämna tillbaka på måndag, för att... jag glömde lägga den i väskan!

—För att... för att...! Du ska ta och lära dig att uttrycka dig fint, utan att upprepa orden, om du ändå läser så mycket!

—Ni förstår, jag är lite nervös!

Elaur väntade förväntansfull och blev glad när bibliotekarien började leta hans kort och sade till honom:

—Du går i femman, eller hur? Maxim Gorkij är lite mycket till och med för en åtta och hur kan det inte vara för dig då!

—Jag ber av hela mitt hjärta! Jag vill verkligen läsa den! Det var en vän till mig som rekommenderade boken, ljög han för att låta mer övertygande.

Med den ganska tjocka boken i vänster hand och leende, sade hon:

—Får jag se dem där bladen? Har du skrivit dikten till herr Leacu? Jag vill också läsa den! Om jag tycker om den får du låna boken, om inte, inte! Han sträckte mot henne bladet med de fem verserna och tittade på henne medan hon läste dikten en gång och sedan en gång till:

—Detta, skrev du nu, här?

När Elaur rörde bejakande på huvudet, fortsatte hon:

—Bravo, pojke, jag visste inte att du skrev så vackert!

Med boken i ena handen och bladen i den andra väntade Elaur framför lärarrummet i cirka fem minuter tills herr

Leacu dök upp med en elevkatalog under armen. Han räckte honom bladen med boken tätt intill kroppen så att pärmen inte var synlig. Läraren bytte glasögonen han hade på näsan mot läsglasögon, läste dikten en gång och sedan en gång till för att på slutet låta ett stort leende passera:

—Klart, du har övertygat mig! Jag var rädd att du skulle komma med dikter som andra har skrivit. Jag har sett att du har talang, men prosa är prosa och dikt är dikt! Bli inte ledsen på mig för det har hänt mig med en flicka för fem år sedan.

Hon kom till mig hela tiden med dikter, hon kunde dem utantill och hon sade att hon hade skrivit dem. Efter en tid såg jag ena dikten i en diktsamling av gymnasieelever från hela landet. Till slut erkände hon att hon inte hade skrivit någon av de andra heller.

KAPITEL 5

Miraveda var en liten barndomsparadis. Detta var lättsynligt just där, på den platsen Martia och Tramian hade rest sitt hus: en förlängning, mot Staden, av byn som hade förklarats stadsdel där det bara fanns nya hus och unga familjer med tre – fyra barn var.

Pengarna var inte många, husen – anspråkslösa, men barnen var lyckliga och förtjusta över mängden lekkamrater, över lekarnas magi och tävlingsandan som dessa ingav. Gatorna vibrerade av deras röster och glada rop.

Det tycktes som om ingenting kunde störa detta lilla universum av glädje och stora förhoppningar medan framtiden profilerade sig i deras fantasi som ett löfte av lyckliga tider och outsägliga uppfyllelser.

Så som det ofta händer så delade inte deras föräldrar samma optimism då männens löner var små och arbetsplatserna för kvinnor helt obefintliga. För några av dem hade de statliga firmorna som de jobbade på andra fördelar, i synnerhet livsmedelsindustrin därifrån de tog sig, i hemlighet, olika saker, först för familjens behov och sedan, när de märkte att ingen hade reagerat tog de fler och fler saker som de bedrev handel med hos grannarna: inte för inte predikade den Nya Myndigheten att allt det goda finnes till för hela befolkningen!

Tramian, som var religiös och i fullständigt saknad av talang för detta, hade flyttat med jobbet sedan ett tag på klädfabriken i Staden – och han tänkte inte ens tanken att ta för sig av dem saker som tillhörde alla!

Redan från början av deras äktenskap hade Martia tagit det initiativet att hitta på olika små lönsamma aktiviteter och hon hade något att göra eller sälja året runt. På våren tjänade hon pengar genom att sälja grönsaker från den egna trädgården där, med undantag av den bräckliga Minela, hade var och en något att göra. Elaur hjälpte sin pappa att gräva gjorden och sådant, medan Martia och Alena rensade ogräs och plockade frukterna och grönsakerna. Innan de gjorde buntarna av fem-sex rädisor, salladslök eller färsk vitlök tvättade dem noga och rensade grönsakerna från gjord. Sedan rensade de dem från det oestetiska skalet och sedan de hade buntat ihop allting så var varorna redo för att bli exponerade och dra uppmärksamheten inför de kräsna damerna i Staden.

Om sommaren blev hon anställd för att utjämna väggarna i olika klienters hus där hon jobbade med gul lera och halm. Hon hade ryktet av att vara den mest kunniga i det här arbetet då hennes väggar blev raka och kanterna detsamma. Och hon tjänade bra till priset av ett tröttsamt arbete. På sena hösten och på vintern när de andra aktiviteterna var avslutade monterade hon vävstolen där hon vävde sängöverkast och mattor för husets behov eller så broderade hon väggbonader som man kunde ha både på väggen och på sängen.

Av restgarnnystanen i syntetull i alla färger som Tramian köpte på fabriken han jobbade på, drog hon fram trådar av lagom längd som hon trädde genom ögat på ett större nål och satte ihop de båda trådens ändar med en liten knut. Sedan sydde hon, på en grov duk, konturer av blommor eller andra stiliserade modeller genom att göra små x-tecken sydda intill varandra. När konturerna var klara blev arbetet enklare, det var bara att fylla alla konturer med x-tecken i samma färg eller andra komplementära färger. Sydde och broderade, gjorde hon mest om eftermiddagarna och kvällarna när alla andra arbetsuppgifterna i hemmet var gjorda. Och, när hon hade skapat modellen med en viss färg, sydde hon resten av mattan, fonden som hon kallade den, med en annan färg som drog modellen fram i ljuset. Jobbet av att sy mattor var svårt och mödosamt, i synnerhet tills konturen var gjord, så alla kunde inte göra sådana mattor som i vissa fall var tvåmeterslånga och en och tjugo bredda.Just därför hade hon börjat sy några till salu och även om priset inte var värt arbetet så var Martia glad att dryga ut hemmets lilla budget under den kalla årstiden. Många gånger sålde hon mattorna med enbart konturerna sydda tillsammans med de nödvändiga trådarna och kunden fick avsluta arbetet på egen hand. Andra gånger, för att snabbare bli klar med arbetet, gav hon till en svägerska och även till Alena rutinarbetet, dvs fyllandet av konturerna samt mattans fond.

— Älskade pojke, det här är inte arbete för en man, sade hon till Elaur och tog mattan ifrån honom en gång när hon hittade honom göra Alenas arbete. Hon hade lovat honom en chokladkaka som tack för hjälpen.

— Du måste fortsätta att se till din utbildning. Om du har bra resultat så jobbar jag hur mycket som helst för att du ska kunna fortsätta studera. Du måste få ett finare arbete och inte plågas som din pappa och jag.

— Men mamma, jag har lov! Jag vill verkligen hjälpa dig, jag också, då jag har sett hur du plågar dig själv! Martia tittade kärleksfullt på honom och rörde hans kind, men sedan tog hon honom och sade till honom:

— Älskling, jag är glad att du bryr dig om mig, men du måste plugga och åter plugga! På annat sätt lyckas man i livet om man har studerat. Titta på din pappa! Så smart som han är hade han kunnat komma långt! Men, vad kunde han ha göra?! Han gick till skolan med trasiga skor fyllda av snö om vintern och läraren skickade tillbaka hem honom för att inte bli sjuk. Sedan, om hösten och våren, var han mer på arbete på fältet, än i skolan! Så gjorde jag också, men jag var åtminstone flicka, jag behövde inte mycket skola, åtminstone så som man tänkte då.

Det var några dagar kvar till Jul och Elaur började tänka på vem han skulle välja ha med sig för att gå från hem till hem med stjärnan och önska människorna väl genom att sjunga julsånger. Han hade möjligheten att välja då han ägde stjärnan som var gjord av morfar tiotals år bakom i tiden och som Martias bröder använde på sin tid och så även hans bror, Nion. Stjärnan var byggd av en cylindrisk träkropp av en gammal sikt som utgjorde stjärnans kropp och från den utgick sex cylindriska, tunna pinnar, iklädda glansigt, gult papper som representerade stjärnans strålar och de var ihop snurrade runt-omkring med ett par strängar även dem iklädda samma glansiga papper.

De två runda sidorna, byggda i papp och täckta av samma papper var dekorerade med olika färgbilder som för länge sedan hade försvunnit från statshandeln. Den Nya Auktoriteten hade tagit bort all text eller religiösa bilder. På ena sidan var den Heliga Jungfruns bild med barnet med den Heliga Staden Bethlehem i bakgrunden och på den andra sidan, som visades mitt i julönskningarna, var de tre landsherrarna från öst, som hade följt stjärnan som kungjorde Jesus födelse.

Han kunde välja mellan Dode, en av dem tre bröderna som bodde mitt emot och Lefan, närmaste granne men även vän och klasskamrat. Till slut valde han Lefan, för att de satt i

samma skolbänk, men också för att Lefan hade varit sur på
honom, då Elaur hade valt Dode året innan. December,
med dess högtider, var den vackraste av årets månader,
men också den perioden då de tjänade, med julönskningarna
till alla husen, mer pengar än vad de hade på hela året,
som fickpengar.

Att han valde Lefan visade sig vara mer än inspirerat.
När de hade gått och lyckönskat alla grannar och släktingar i
Miraveda insisterade Lefan att gå till Stadens centrum där han
hade en farbror som gav dem en sedel som var lika mycket
som hälften av alla pengar de hade fått från så många familjer
i Miraveda.

Överlyckliga för en sådan oväntad vinst, höll de på och
passerade restaurangen Måsen, den nyaste och största i
Staden, då en sympatisk liten gubbe som sålde trisslotter på
olika restauranger mötte dem. Han hade sin eviga cigarett för
länge sedan slocknad och påklistrad den nedre läppen.
I handen hade han en metallring med trisslotter.

Imponerad av deras stjärna, som han inte hade sett på
åratal, frågade han dem om de var bra på julsången, så de inte
skulle göra honom till åtlöje. När han hade fått det bekräftat
gick han in med dem i restaurangen.

Julen hade fallit på en torsdag och det var arbetsdag enligt
den Nya Myndighetens regler men, med olika ursäkter, fyllde
Stadens bossar samt de vanliga kunderna, restaurangens stora
sal. Den gamle mannen kände dem flesta som satt vid borden
så han bad pojkarna sjunga till bord efter bord och glömde
fullständigt sina trisslotter som han hade kommit för att fresta
restaurangens kunder med.

Än en gång visade det sig att det var deras lyckodag: på den stora tallriken som den gamle höll fram landade många stora sedlar, från en del av djupet av sitt hjärta, och från andra för att bli kvitt gubben och de andras skratt.

Efter restaurangsrundan som även inkluderade restaurangchefen hade på mirakeltallriken samlats ett svindlande belopp för dem två barnen från Miraveda. I slutändan tog den gamle mannen, som just hade bevisat att Jultomten fanns, pengarna, lade dem fint och framför alla stack han dem i Elaurs ficka och sade:

—Nu går ni hem direkt och var försiktiga med pengarna så inte några tjuvar tar dem ifrån er. Förundrade och lyckliga av det oväntade julmiraklet och med glädjens glans i ögonen gick de väldigt försiktigt ända hem till Elaur och på tomten, så som Lefan hade bett honom, utan oönskade vittnen, delade de på pengarna så att de fick, var och en, en otrolig summa pengar.

—Du, Elaur, jag vill att du lovar mig något! Du säger inte till någon hur mycket pengar vi har samlat! Säg! Lovar du? Jag vill inte att min styvmamma ska få veta, jag vill köpa en cykel. Jag hittar nog en begagnad och på sommaren går vi tillsammans och fiskar på den Stora Kanalen. Elaur kunde dock inte gömma pengarna för sin mamma, men för att glädja Lefan lade han ett belopp vid sidan av och så sade han till sin mamma:

—Du skulle se vilken tur vi hade! När vi hade gått med stjärnan till Lefans farbror var det en gammal man med trisslotter som tog oss till Måsen, där vi fick sjunga och lyckönska hela restaurangen och vi fick ihop en massa pengar. Jag behöll en del, för att köpa en ficklampa och några böcker, men de här andra är dina! Martia, förundrad över beloppet som pojken hade lagt på bordet sade till honom:

—Hur menar du, att de är mina? Det är ju din tur! Hellre går vi tillsammans till Staden och jag hjälper dig med vad du ska köpa!

—Jag har sagt vad jag vill köpa. För resterande pengar vill jag att du köper något till dig själv, en dräkt, så som Dodes mamma har köpt! Med tårar i ögonen svarade Martia:

—Min älskade älskling, om du vill så, då ska jag också köpa något till mig själv. Men pengarna är dina, och du behöver dem bättre! Då går vi till Staden imorgon och vi får se! Hon tittade på honom och då kom hon att tänka på Nion och hon brast i gråt. Rörd men även konfunderad av vad som hände, frågade Elaur henne:

—Vad gråter du nu för? Jag ville glädja dig, och du börjar gråta! Martia slutade gråta, torkade tårarna med schalens ena kant och så tittade hon i hans ögon:

—Varför jag gråter? Jag kom att tänka på Nion. När han gick bort var han i den åldern som du är nu. Gud har tagit en pojke ifrån mig men han lämnade kvar till mig en som är lika god. Berörd han också, kom han ihåg löftet som han givit Lefan och sade:

—Mamma, snälla, kan vi göra så att du inte säger till någon hur mycket pengar vi fått! Lefan vill inte att sin styvmamma ska veta. Om sin riktiga mamma hade levt, skulle han också tänka annorlunda! Martia såg på honom tänkande och, med en liten beröring på hans kind, sade hon nästan som en viskning:

—Min älskade pojke! Du ska, i hela ditt liv, vårda din goda själ! Det kommer att bli många som vill förstöra den så du inte skulle ha något som de aldrig själva haft!

—Den här själen gör mig mer ont än gott. När jag vill vara lika god så som du tycker, tycker de flesta att jag är dum!

—Låt dem vara, pojken min! Gå åt sidan och fortsätt din väg. I slutändan går var och en så långt man kan och kommer fram dit man gör, här i livet. Hela tiden sökande efter innebörden i sin mammas kloka ord, som med några få sådana kunde ge honom de bästa råden, sade han, bara för sig själv, för att inte uppröra henne: "Åh, älskade mamma, vad det skulle vara bra, om jag alltid kunde gå åt sidan!"

På tredje Juldagen då man firade Stefan Den Helige, tog Martia och Elaur en buss, från busshållplatsen Kvarnen och åkte tre hållplatser, till Slottet. Därifrån, efter fem minuters gång kom de fram till barnaffären "Två kaniner". Så fort hon såg Martia kom expediten ihåg henne och hämtade från lagret, den svarta kappan med fyrkanter som hon hade visat henne i början av september, på marknaden.

—Titta, vilken tur ni har! Den här är min sista! Jag har lagt den på REA och den är billigare nu med 20%. Det var därför ni kom hit, eller hur?

Martia hade inga förhoppningar att hitta just den här kappan, men hon hade sparat lite också för en kappa. Hon hade inte kommit tidigare, för pengarna hade inte räckt till, men nu tänkte hon att, om de la till lite av Elaurs pengar, så kunde de just köpa en kappa. Överraskad av REA:n, som vanligtvis brukade komma i slutet av februari, räknade hon att hon inte behövde pojkens pengar. Hon betalade, gav den till Elaur och sade:

—Den här köper jag till dig, det är min skyldighet.

Vi får se vad vi köper för dina pengar, men nu låter jag denna sten falla från mitt hjärta. Eftersom kappan hade kostat ganska mycket tittade Elaur på sin mamma, fundersam i några sekunder, sedan bad han henne att böja sig lite och så viskade i hennes öra:

—Räcker mina pengar så du köper den där dräkten till dig själv nu? Martia såg på honom leende och vände sig med en glad min till säljerskan:

—Vad tycker du om honom? Han har tjänat lite pengar med julstjärnan och har nu fått för sig att köpa en dräkt till mig så som han sett hos en granne. Snälla, kan du visa mig den där gråa cardiganen! Elaur tyckte att den var något liten för sin mamma, men hon räckte den till honom och sade:

—Prova den du, jag tror att den passar dig utmärkt.

Pojken tittade på henne, först förbryllad, sedan missnöjd med att hans mamma hade bett även om cardiganen åt honom. Han tog av sig den nya kappan som han fortfarande hade på sig och den gamla, bruna pullovern och ovanpå den vita skjortan tog han den nya cardiganen och knäppte alla knappar. Den satt väldigt fint på honom och när han tittade i spegeln som var monterad på en stolpe, mitt i affären, så blev han också, till slut, glad av sin mammas val.

Hon beställde två vita skjortor till, strumpor, även de för Elaur och när hon skulle betala glömde hon inte att lägga fram en liten sedel för expediten. Sedan köpte hon till honom ett par stövlar i konstgjort skinn och ett par gummistövlar just passande för snön och den blöta leran i Miraveda. Med resterande pengar gick de till den stora bokhandeln som fanns i närheten, på den enda gågatan i Staden, som icke

officiellt kallades Centrum, därför att hit kom unga människor och promenerade på veckosluten. Martia stannade vid kassan för att låta Elaur leta vad han önskade från hyllorna fulla av böcker. Han hade knappt hunnit bläddra i den första bocken som han fick i handen, en bok med tjocka pärmar, glansiga och vackert färgade, då han kände att någon betraktade honom enträget. Han lyfte blicken och rykte till, omärkligt, då han såg, på några stegs avstånd, den gåtfulla flickan som han endast hade träffat på skolbiblioteket. Hon vände sig och kom mot honom, räckte honom en hand, vit som marmor, och presenterade sig:

— Mitt namn är Lexia! Vilken överraskning att träffa dig! Vill du köpa någon särskild bok, eller bara tittar?

Elaur tog hennes kalla hand och kramade lätt, generad inför hennes annorlunda klädsel och inför den direkta stilen, så han glömde säga sitt namn, utan svarade på frågan direkt:

— Jag har lite pengar och skulle vilja köpa några böcker. Inte något särskilt, men jag vill inte heller köpa vad som helst. Hon tog honom i hand och visande mot en annan hylla, sade:

— Kom med mig, så skall vi se vad vi kan göra! Det finns många bra böcker och relativt billiga om man vet hur man skall söka. Titta, härifrån kan du välja hur många böcker du vill! Hon såg på honom i några sekunder med sympati, log lika enigmatiskt som vanligt och så vände hon sig och började gå mot utgången. Hennes gång var på något sätt flytande i hennes klädsel i himlens färg, med det blonda håret i långa slingor och något krulliga, utsprida över kapuschongen i samma färg som kappan, kantad med vit päls. När han hade följt henne med blicken tills hon kom ut på gatan, hämtade han sig som från en dröm, vände sig till hyllan med böcker i litet format, med någorlunda enkla pärmar och han började studera dem. Efter någon halvtimme räknade han sina pengar och lämnade lite för att köpa ficklampa, sedan valde han nio böcker och med svårighet skiljde sig från andra fem-sex. Hur som helst, han var tillräckligt lycklig och nyfiken på att se sin mammas ansikte när hon ska se honom med armarna fulla med böcker.

Han gick till kassan direkt och betalade böckerna, sedan lade han dem i en svart tygkasse som Alena hade sytt på sin nya symaskin köpt av föräldrarna på avbetalning. På vägen mot busstationen sade Martia leende:

—Jag tror inte att du har pengar kvar ens till en pepparkaka! Kom, jag har lite kvar! När de hade köpt två pepparkakor, bakade på en stor och svart bricka, just där i plåtkiosken, mitt emot busshållplatsen, gick de snabbt över gatan då bussen till Miraveda, som brukade gå ganska sällan, syntes nu komma mot stationen. I den gamla, trasiga bussen som körde i väg meddetsamma, hittade de två lediga platser och de satte sig intill varandra. Förtjust i allt vad de hade köpt tänkte Elaur redan att, om fyra dagar, den sista dagen på året, skulle han gå och göra önskningar till folket i byn med lilla plogen även den gången tillsammans med Lefan som hade bästa piskan på deras gata med tofsen i toppen gjord av silkestråd, inte av hampa som hans egen.

—Mamma, äter inte du din pepparkaka?

—Den här är till Minela! Jag behöver inte pepparkaka, min älskling! Elaur tittade förvirrat på henne, sedan försökte han dela sin egen triangulära pepparkaksbit i två delar, behöll för sig själv den delen som han hade bitit i och gav sin mamma den andra. Martia visste att hon inte kunde vägra honom det, och sade:

—Håll i den! Hon tog en mindre bit och lämnade den större biten i Elaurs hand.

—Den här räcker åt mig! Du vet ju att om ni äter så blir jag också mätt!

Efter vinterhögtiderna åkte han in till Staden igen och köpte, äntligen, en ficklampa och ett fyrkantigt batteri till.

—Kom, så skall jag ska köpa något åt mamma så inte pengarna försvinner den här gången med, innan jag köpt något! Tillsammans med sin syster Alena, som var hans rådgivare, gick de till en affär som hette just "Presenter", och så valde han åt sin mamma en fin sjal, ett par strumpor och ett par bomullshandskar.

Från samma affär köpte han ett par tjocka vantar åt sin pappa och Alena valde åt sig själv en rosa bomullströja. Åt Minela köpte de en vackert färgad bok och ett kortspel från Bokhandeln. Också rådd av Alena köpte han även till sig själv ett spel i en platt låda som hette: "Bli inte arg, bror". Med de få pengarna som var kvar gick de in i livsmedelsaffären Stop, där de köpte några billiga chokladbitar, fem apelsiner för dem fem familjemedlemmarna och några hundra gram kex.

De gick sedan ända till Miraveda, förtjusta av de stora, vita snöflingorna som hade börjat falla och göra allt vitt runt omkring, förädla allt, som det föreföll. Alena gladde sig åt att de träffade, inte alls av en händelse, Nic, Lefans halvbror, ett år yngre än Alena, som gjorde dem sällskap hemåt. Elaur, nöjd med alla presenter som han hade köpt, låtsades inte se deras "flört", även om han faktiskt var förtjust i deras glädje av att vara tillsammans.

Med en mirakelkänsla såg han på snöflingornas galna dans som tycktes minst lika lyckliga som dem.

KAPITEL 6

De vinter-och vårloven, väldigt korta och med dagarnas glädje förstörd av hemläxorna, tillät inte Elaur att komma för mycket ifrån sin roll av exemplarisk elev. På sommarlovet dock, kände han sig fri, betydligt mycket friare och liksom de andra pojkarna från Miraveda experimenterade han all galenskap, från rökning till olika spel som han på skoltid inte kunde drömma om. Allt det där experimenterade han på sommarlovet, för att, på den första dagen av det nya skolåret, överge det fullständigt, och åter bli "bra pojke" och "strålande elev".

Han hade avslutat femman på plats nummer två, liksom fyran, året innan, men nu fick han mycket beröm för första platsen i litteraturtävlingen där tävlarna kom från alla skolor i Staden. Elaur hade fått dela första priset med en flicka och deras arbeten selekterades för att skickas till nästa nivå, där elever från hela landet tävlade med varandra.

I början på sommarlovet hade han fortfarande två böcker att läsa från dem som han hade köpt på vintern, två andra som han hade fått för plats två i klassen samt två av dem tre vunna i litteraturtävlingen. På sommarlovet, konkurrerade läsningen med andra saker, som fotboll, fisket på den Stora Kanalen, men även med olika andra lekar med pojkarna på hans gata.

Han hade blivit uppfostrad i tron på Gud, men han hade redan märkt, att Gud var mycket striktare och mer noga med Tramian än med hans mamma. Pappan gick på mässan, i Miravedakyrkan, varje söndag eller annan högtid noterad med rött kors i kalendern med endast det sällsynta undantaget när han skulle jobba och inte hade lyckats byta dag med någon kollega. Ända sedan han var liten hade han gått i kyrkan med sin mamma och i sju-åtta år missade han aldrig en mässa. Han var uppskattad av präster och omtyckt av hela församlingen för att han sjöng i kyrkan och hjälpte prästens försteman med mässan. Söndag eftermiddag när han var hemma läste han ur Bibeln eller andra heliga böcker som han sparade med mycket andakt.

Lite på skämt och lite på alvar sade Martia till honom ibland:

—Med din tro och med dina böner, mannen min, kommer du att ta mig med till Paradiset! Gud vet att jag arbetar i tro för familjen och barnen.

Smal av naturen och med avlångt ansikte hade Tramian någonting av de helgonen som var målade på kyrkans väggar, förutom åldern och deras långa skägg. Han hade även något av deras gudaktighet, deras andakt och deras asketiska ande, nöjda med enkel och lite mat. Nästan obemärkt av de andra fastade han alla onsdagar och fredagar samt i alla fastetider över året, övertygad att livet på jorden är bara förberedelsen för det eviga livet.

Martia var även hon troende, men hon trodde att Gud älskar en mer om man var ödmjuk i sig, om man älskar och respekterar människorna och var barmhärtig med de drabbade av ödet. Till skillnad från Tramian som representerade hellre den orientaliska andan, inåtvänd och asketisk, var Martia förkroppsligandet av latinandan. Hennes ärliga tro på Gudomlighet och på livet efter detta flätade sig harmoniskt med livsglädjen och med önskan att ge sina barn ett så gott liv som möjligt.

Mycket företagsam, "gjorde" hon pengar, så som hon tyckte om att säga, utan att bedra eller ljuga, utan bara med hjälp av sin varma och goda själ. Redo att hjälpa alla som behövde henne kunde hon inte "svälja" dem som stal, ljög och var lösaktiga och som gick om söndagarna till kyrkan och låtsades vara gudfruktiga. Hon litade mycket på sin egen enkla men ack så hälsosamma logik, och även på den folkliga visheten, och det föreföll som om hon tog till sig skyldigheten att föra vidare alla kloka ord och ordspråk som hon kunde. Hon förstod väldigt väl alla dessa ord från de gamla och använde dem just där de behövdes och uppmuntrade även andra människor att iaktta dessa lärdomar.

—Gud ger dig, men Han tvingar dig inte att ta emot! Vad jag inte tål dessa människor som alltid klagar på att de är fattiga men så fort det gäller att arbeta så ger de sig av! Gud har gett oss händer för att arbeta och hjärna för att tänka: vad är bra och vad är dåligt, och vad vi måste göra för att vi ska ha det bra.

Elaur kunde inte vara lika lugn som Lefan när de tillsammans gjorde olika galenskaper men så sakteligen adopterade han hans regel att, "det som föräldrarna inte vet kan inte göra dem ledsna". På det sättet kom han att smaka på frestelsen av att spela mot pengar med de små och efemära vinsterna men också med ganska obehagliga förluster av hans små fickpengar. Han undvek dock spelen med tärningar och med kortspel och föredrog dem som var baserade på skicklighet där de satsade beloppen var mindre samt att vinsternas och förlusternas tempo var långsammare.

Han lärde sig snabbt deras enkla regler men inte de större

pojkarnas skicklighet. Han förlorade, i början, de få pengar som han disponerade. De mest populära av dem, "månen" och även "det lilla hålet", spelades med mynt av samma värde som kastades från en linje på tre metersavstånd mot en måne som var skrapad på marken, bestående av koncentriska halvcirklar eller ett litet och inte så djupt hål med en diameter på tre-fyra centimeter. På den första av dem, vann spelaren som kastade sitt mynt närmast halvcirklarnas centrum de andras mynt. På den andra, berodde vinsterna på färdigheten att kasta mynten så nära som möjligt, eller helst direkt in i det lilla hålet i marken. De som hade fallit runt omkring det lilla hålet knuffades i det med små stötar med tumnageln.

Efter en tid när han hade blivit en slags mästare, drog han de större pojkarnas uppmärksamhet genom att vinna större och större belopp på "lilla hålet".

— Kom igen, Elaur! Nu har du tillräckligt mycket pengar för att spela med oss!

Till skillnad från lekarna med mynt, accepterade av deras föräldrar, var spelen med tärningar förbjudna och förföljda av myndigheterna därför organiserades dessa spel på ställen där de inte kunde bli upptäckta.

I Miraveda gick rykten om människor som hade fallit i spelens missbruk och som hade förlorat enorma belopp, däribland även husen som de bodde i. Elaur drog sig undan snabbt, i synnerhet för att han hade assisterat några tärningsspel hemma hos en av dem större granarna där han hade sett även andra personer som han inte kände och han kände rädsla inför.

— Jag vill inte spela tärningar, där kommer även stora pojkar som jag ju inte känner!

— Det här är skitsnack! Säg som det är i stället, att du är rädd för din mamma! Sade Elu, hans granne, som gick andra gymnasieåret.

Elaur lät saken bero, i synnerhet för att Elu inte var så långt ifrån sanningen då han kände till Martias hårda karaktär när något förargade henne allvarligt.

Han gav ett diskret tecken åt Lefan och de gick båda till den enda livsmedelsaffären i Miraveda, benämnd av alla "Kooperativet". Iordninggjord i framdelen, mot Nationalvägen, av ett av den Nya Myndigheten konfiskerade hus, hade Kooperativet höga trähyllor på tre av väggarna och vitrinskåp, även de i trä och grönmålade så som hyllorna. Med fönster lite böjda på framsidan, stod vitrinskåpen runt omkring, framför alla hyllor, för att blockera inträdet bakom dem. Det enda stället där man kunde passera mellan vitrinskåp och hyllor bestod av en dörr, inte mer än en meter hög, hållen av två stora gångjärn och med lås på insidan. Därpå kunde man sänka själva säljdisken, en halvmeter bredd, även den hållen av två gångjärn och försäkrad, inunder, av ett till, lite mindre lås. De ställde sig i kön som bestod mest av kvinnor och av barn, skickade med "jämna pengar" för någon liter olja eller något kilo socker, plus två-tre av byns fyllon som också väntade, med blodsprängda ögon och skakande händer, för att köpa den dagliga drogen, en halvliters flaska med billig och illaluktande stark dryck. Med många produkter på lager, från socker, ris, mjöl och salt, till marmelad, halva (sötsak gjord på frön, olja och socker) och kex som alla måste vägas, gick försäljningen sakta och väntan i kön som oftast varade mer än en eller två timmar var en riktig plåga för Elaur. Barnens plåga var desto större, ju mer tid de var tvungna att stå och se på så många sötsaker från vilka enbart vitringlaset skiljde dem och för vilka de nästan aldrig hade pengar. De olika slags kexen med choklad-eller citronkräm, de kexen packade två och två, även de med chokladkräm, de tre-fyra sorters choklad, karamellerna med mjölk och karamellerna med aromer av olika frukter, en del gula, andra orange eller röda, alla var de fint ordnade i skyltskåpen, rakt framför dem som köade.

Den här gången, med de vunna pengarna på fickan, smakade Elaur på andra känslor, räknande i sitt sinne vad han skulle köpa och hur mycket det skulle kosta och tittande mot Lefan som han betraktade som sin gäst, i synnerhet för att han hade förlorat alla sina pengar i spelet. Efter en halvtimmes väntan, när det bara fanns två personer framför dem, viskade Lefan till honom:

—Snälla, jag ber dig, kan inte du låna mig lite pengar, bara tills imorgon, när min morbror kommer på besök!

Eftersom det begärda beloppet inte var stort och i vetskap om hur generös hans morbror var, särskilt efter hans mammas bortgång för tre år sedan, lade Elaur två mynt i hans handflata utan att fråga vad pengarna skulle användas till. Framme vid disken köpte Elaur ett halvt kilo chokladkex och som säljaren lade i en och samma bruna papperspåse, några citronkex, fyra små chokladkakor samt mjölkkarameller och fruktkarameller, två hundra gram av varje. Han betalade det av säljaren beräknade beloppet, samma som han själv hade räknat i sinnet och med ett litet tecken åt Lefan för att följa honom, började han segrande gå mot utgången, då han hörde Lefans röst:

—Min pappa skickade mig att köpa ett paket cigaretter, Nationale!

Elaur, som visste med sig att Lefans pappa inte rökte, gjorde stora ögon, men fortsatte sin väg mot dörren. Han kunde gissa vem cigaretterna var till.

Framme utanför affären efter några steg, sade Elaur, med vännens till synes oskyldiga röst, medan vännen gick stolt med cigarettpaketet i fickan:

—"Min pappa skickade mig för att köpa ett paket cigaretter". Men åh, vad slug du har blivit! Sedan fortsatte han, skrattande: Jag skäms med en sådan bänkkamrat!

—Det är du som borde skämmas! Du köper olika karameller och imorgon, på fisket, ska vi bara titta på andra som röker!

När de hade ätit chokladkexen och en del av citronkexen och njöt även av en chokladbit, på Lefans förslag, gick de förbi deras gata och raka vägen mot fältet som befann sig på parallellgatan. Där fanns det plats att ligga i solen men även tillräckligt med gropar där människorna tagit jord till byggnader. Där kunde de gömma sig ifrån indiskreta blickar.

Framme vid det särskilda stället som de hade letat efter, en äldre grop på ca tvåmeters djup på vars kanter hade vuxit kastanjeträd som gav skugga men även ett bra gömställe, sade Lefan till honom:

—Gör du en säng, där nere, av kastanjeblad, medan jag går och skaffar tändstickor!

Elaur hade knappt hunnit göra bladsängen då Lefan kom tillbaka tillsammans med Damian, en av deras vänner som bodde i första huset intill fältet, men också med en annan pojke, fem-sex år äldre än dem, med långt hår och en början till mustasch, mycket rent klädd och med nya tennisskor. Vanligtvis blyg inför främmande, i synnerhet om de var äldre än honom, kände Elaur den här gången som om den killen var en gammal vän, skakande vänligt hans hand. Den sympatiske, okände, som log vänligt hette Favian och han bodde i Huvudstaden.

—Vad jag är glad för att få träffa er, sade han. Jag var uttråkad som fan och ingenstans att gå heller! Skall vi se, vad har ni för cigaretter! Då Lefan tog fram paketet med Nationale, sade Favian, med en överlägsen blick:

—Inte så goda, och väldigt starka! Titta, jag har några kvar med filter! Vem vill ha?

Lefan, stolt och envis av naturen, öppnade paketet med Nationale, tog taktfullt fram en cigarett och förberedde den med fingrarna så som han hade sett hos riktiga rökare, tog tändstickan från Damians hand och tände och så tog han en första blås. Elaur tittade mot Favian som hade blivit kvar med sitt paket i handen och mer för att undvika ignorera honom tog han en cigarett med filter, luktade lite på den för att känna den speciella parfymen, sedan tände han den och blåste ut, lugnt, som om han hade gjort det i alla tider. Han hade tagit några blås innan, mest när de större pojkarna på gatan hade insisterat, men den här var första gången när han tände en cigarett bara åt sig själv. Han tittade mot Lefan, men också mot Damian, som även han hade tänt en cigarett med filter från det fina paketet erbjudet av Favian och försökte låta bli att framför dessa se ut som en nybörjare. När han också hade tänt en cigarett, tittade Favian mot Elaur och Damian, och frågade:

—Är de inte fina? De är engelska! Jag köper dem på universitetsområdet, från utlänningar. De är något dyra, men värda pengarna. På lördag åker jag hem lite kort, är tillbaka på måndag. Om ni vill kan jag köpa till er, ett paket var. När han såg pojkarna något förvirrade och med tanken på att de inte litade på honom, sade han:

—Om ni vill, talar ni om det till mig och jag köper! När jag levererar dem, betalar ni! Och eftersom pojkarna varken sade ja eller nej, för att krossa den tryckande tystnaden, fortsatte han:

—Jag såg er när jag kom från tågstationen igår, ni lekte "lilla gropen"! Jag skulle kunna lära er att spela poker. Det är ett gentlemannaspel och förutom att ha roligt så lär man sig lite psykologi! Det är bra att kunna i livet! Det är det enda spelet där man kan lura turen om den låter sig väntad för länge.

—Spelar man inte det med spelkort? Frågade Lefan som hade berättat något för Elaur om poker, något som han hade sett i en film när han hade varit med sin bror, Nic, på biografen Victoria i Staden.

—Ja, med nya kort. Jag har ett nytt paket! Om ni vill kan jag gå och hämta den! Och så som pojkarna tackade ja ungefär samtidigt, reste sig Favian från den lilla stenen som han satt på och med lätta, sportiga steg, gick han i väg mot sin mormors hus som bodde granne med Damian.

—Känner du den här Favian? Kan man lita på honom? Lefan adresserade frågan till deras vän, Damian.

—Han är Madame Linas barnbarn. Han var här även de föregående åren, men då bara så där, någon dag. Han stannade aldrig över natten. Jag vet inte vad jag ska säga! Han är en smart kille och verkar pålitlig, men vad vet jag! Vi ser honom, tids nog!

Efter några minuter återvände Favian med ett paket spelkort och en gammal matta, som han lade över lövmattan.

—Så här är det, jag kommer inte att spela för att kunna säga till er alla vad ni ska göra. Reglerna är inte komplicerade! Best spelar man i fyra med korten från sju och uppåt, men man kan spela i tre eller även två och då kan man använda sig av samma kort och till och med färre, dvs från nio och uppåt. Till en början skall ni spela på tändstickor.

—Den som delar korten lägger insatsen på bordet, i vårt fall en pinne. Sedan delar han fem kort till var och en. Den som har öppning, dvs har minst två ess, eller två kungar, eller två par eller mer, lägger fram öppningen, som kan vara likvärdig eller större än insatsen. Om du inte har öppning, säger du "pass" och nästa kan öppna. När man har gjort öppningen kan de andra gå med eller inte, genom att betala öppningen eller genom att lägga korten på bordet och utgå från respektive hand. De som är kvar i spelet byter till sig högst tre kort. Man strävar att få ihop, med dem sparade korten i handen, plus de nykomna, en så bra bildning som möjligt för att vinna potten, dvs insatsen plus de deponerade öppningarna, plus eventuella tillämpningar, som kan betalas med pass, dvs utan att höja eller med krav, dvs du lägger hur mycket har krävts till din tur och du ber även något extra.

Om det inte finns ytterligare krav, visar de som betalat alla krav, korten och den som har största kortet vinner hela potten, dvs allt som har lagts på bordet. Låt oss dela korten nu och uppställningarna lär ni er lite i taget, beroende på vilka kort ni får!

Efter en halv timme och sex spelade turer, hade alla tre pojkarna förstått spelet och de bestämde sig för att spela mot pengar, fortfarande under Favians övervakning. Lefan lånade lite till pengar från Elaur medan Damian sprang hem och kom tillbaka med de nödvändiga pengarna.

De spelade ca tre timmar med turen på var sin sida i tur och ordning. De har till och med lärt bluffa, medan de njöt av glädjen av en bra hand, men även av konsten att maskera en dålig hand.

Då kvällen började gå mot natten bestämde de sig att spela sex omgångar till och oavsett resultat, att fortsätta imorgon. Efter de sex omgångarna gick Lefan med vinst och kunde betala tillbaka de båda lånade summorna och ändå ha kvar lite av vinsten. Elaur var vinnare, han också, men med en mindre summa. Damian var den ende som förlorade.

De kom upp ur gropen lite yra av det nya spelet men även av röken från de rökta cigaretterna, bestämda att nästa dag Elaur och Lefan skulle lämna "den lilla gropen" till de yngre pojkarna, likaså fisket, och gå tillbaka till poker. När de hade ätit var sitt kex, fyllda med den vita, söt-sura krämen, tog de var sin mentolkaramell för att dölja cigarettlukten och gick hem till sig, var och en.

Under första delen av natten drömde Elaur enbart Royal straight flush och fyrtal i äss och likaså feta insatser som kom och lades till högen med pengar som var och en hade framför sig. En dröm som tvångsmässigt återkom alternerande med stunder av sänkt medvetandegrad då han visste att spelet inte hände i verkligheten, för att, på några sekunder, komma in i samma dröm: han tittade diskret och i hemlighet, nästan hypnotiskt, på korten han hade tilldelats och vann varenda gång mot Lefan men i synnerhet mot den nykomne Favian som visade sig inte längre sympatisk som för några timmar sedan utan hade börjat svära och hota med sammanbitna tänder.

Endast mot morgonen blev han av med den återkommande drömmen som kändes snarare som mardröm då han började drömma om ett slags krigsfält, där han befann sig tillsammans med Lefan och där olika slags bomber föll, till synes osynliga, och producerade rejäla ljus-och ljudexplosioner.

Efter några minuter av försök att somna om i den breda sängen i sitt rum, öppnade han ögonen samtidigt som hans mamma, även hon väckt av åskan som varslade om regn, hade kommit in för att stänga hans fönster som vette mot gården bakom sommarköket.

— Är du vaken, älskling? Ligg kvar i sängen, jag stänger ditt fönster och drar för gardinen så du kan sova!

När hans mamma hade gått, vände han sig med ansiktet mot väggen och drog täcket över huvudet, somnande på nytt samtidigt som sommarregnets smattrande och åskan sakta avlägsnades och hördes, mer och mer långt borta.

Han vaknade vid niotiden då en ny serie av åska och blixtrande hade drabbat Miraveda. Ljudet från regnet som hade återkommit gjorde att han somnade om. Så vaknade han igen, en dryg timme senare, också då i ljudet av regnet och när han äntligen tittade genom fönstret, såg han, mellan dem blöta staketplankorna, grannens trädgård fylld av vatten, så som han aldrig hade sett den. De onaturligt stora dropparna slog med kraft på vattenytan som täckte nästan hela gården.

Han gick i den långa hallen mot ytterdörren och tittade mot blomsterträdgården, fullt av vatten som även hade svämmat över trottoaren och tagit med sig det smutsiga skummet som den stora mängden av droppar hade skapat, små pinnar och torra löv, som nådde ända fram till betongbasen, byggt på nedre delen av husets vägg, just för att skydda mot fukt.

Även bortom det lilla staketet som separerade blomsterträdgården från grönsakslandet, dominerade vattnet. Det hade tagit över och nått nästan till hälften av tomatplantorna och även potatisplantorna som växte på två rader, som en grön kant runt omkring gården.

När han i några minuter hade betraktat den vilda naturens föreställning, mindes han den tvångsmässiga drömmen med pokerspelet och i försöket att finna någon förklaring av den eller någon särskild betydelse, skrämdes han av en ny åska ganska nära och ändrade sig. Han ville inte längre gå till sommarköket genom vattnet som hade svämmat över hela tomten, han gick tillbaka till sitt rum i stället. Först här tänkte han att han kanske kan pröva lyckan av att hitta något att lindra sin hunger med, i vinterköket, dit man kunde gå genom en mindre dörr från sitt eget rum. Rätt som det var hade Martia, innan hon gått till sitt jobb, lämnat till honom och till hans två systrar, som fortfarande sov i sina rum, en stor tallrik, full med köttbullar gjorda kvällen innan, bröd, och en lerkanna full med kokt mjölk. Han åt några köttbullar, lite bröd, sedan tog han sig en kopp mjölk och gick tillbaka till sitt sovrum. Den påbörjade boken väntade på honom, han hade inte hade öppnat den senaste två dagarna.

Fram till efter lunchen lämnade han inte boken, med undantag av en rast, endast för att äta med sina systrar en soppa och köttbullar i sås som Alena hade hämtat från sommarköket. Efter en timme till av läsning, då hans syster Minela hade kommit in två gånger för att be honom laga hennes favoritdocka, vilket han vägrade, kom hon in en tredje gång och förargade honom:

—Minela, jag har bett dig att vänta! Om du kommer in så här, hela tiden, så lagar jag ingen docka åt dig!

Hon tittade buttert på honom, hon var ju inte van att hennes bror vägrade henne något och för att ge honom dåligt samvete sa hon inget mer, men hon tog inte heller blicken ifrån honom. När han lyfte ögonen från boken, såg han förundrad på henne, la märke till hennes vita ansikte och det blonda, krulliga håret. Hon såg inte så mycket annorlunda ut än sin docka, som hon höll i famnen, med undantag av de bruna ögonen, mot dockans blåa. Nöjd att Elaur åtminstone hade avbrutit sin läsning, sade hon:

—Lefan söker dig! Sedan vände hon sig direkt och gick in till deras rum, förtretad av hennes brors upprepade vägran. Elaur, iklädd linne och pyjamasbyxor, gick till dörren där Lefan väntade honom barfotad och smutsig av lera. Regnet hade stannat sedan en halvtimme och himlen hade klarnat lite, vattnet hade försvunnit ifrån trottoaren och kvarlämnade blev bara löv och torra pinnar, såsom spår av lera.

—Kom skall du se vilken sjö dalen har blivit, i den där stora gropen därifrån de hämtade jord med lastbilarna.

Då han kände att han hade hållit sig inne tillräckligt länge, gick han tillbaka till sovrummet och tog på sig ett par kortbyxor och en tröja, sedan gick de båda, barfota, i pölarna med ljummet vatten som var kvar här och där på gatan.

Först när de kom fram till Kvarnens gata, som tog slut på samma ställe där fältet började, förstod Elaur vart så här mycket vatten hade tagit vägen. Ett meterbrett och över trettio centimeter djup dike hade formats mitt på vägen. Detta rann ut i gropen som var över hundra kvadratmeter stor och vars djup kunde nå upp till sju-åtta meter. Han gick efter Lefan, som hade varit där tidigare, följde diket som var någorlunda konstigt för deras zon. Det bredde ut sig till nästan två meter, för att sedan gå över den vinkelräta gatan, där vattnet hade haft svårare att riva sönder jorden, för att förgrena sig därefter, som en trädkrona, i fem-sex mindre fåror, som vattnet fortfarande rann igenom mot sjön, som redan hade ett djup på två meter, och även tre meter på sina ställen, så som de mindes gropen.

De gick en omväg för att undvika den stora gropen och riktade sig mot stället där de hade lärt sig poker dagen innan och där en del av jordkanten, mjuknad av så mycket regn, hade fallit sönder, och tagit med sig även kastanjeträden och fyllde gropen med lera, löv och grumligt vatten.

När de hade tittat i några sekunder, gav Lefan tecken att de skulle hitta ett annat ställe för att röka. Han visade diskret paketet med Nationale som han hade i byxfickan.

—Jag är ledsen, men jag har ingen lust idag, viskade Elaur och när hans vän gjorde ett tecken av avsky, började de båda gå tillbaka, mot folket som hade samlat sig på gatan där Elaur kände igen det blonda och långa Favians hår. Favian gick ifrån de andra, tog kurs mot dem och med högtidligt sträckt hand viskade:

—Skall vi ta en pokerrunda? Vi går till mormors veranda där vi har bord och stolar och vi kan spela även efter mörkrets fall, om vi tänder lampan. Elaur hade redan bestämt sig att tacka nej direkt när han hade sett honom. Han kände instinktivt den hala vägen som öppnade sig framför honom och tanken förde honom till sin mammas reaktion, utifall hon skulle få reda på det.

—Jag är ledsen, men just nu kan jag inte! Jag måste gå med min pappa till farmor i Miraveda. Jag tror att han redan väntar på mig. Vi pratas vid imorgon!

Lefan, som hade redan accepterat Favians förslag, följde med honom på väg hem, bara för att hämta pengar till spelet.

— Vill du låna mig lite pengar igen? I det här regnet dök inte min farbror upp. Jag har inte tillräckligt, och jag vill verkligen tömma deras fickor på pengar! Om jag vinner, betalar jag tillbaka imorgon!

KAPITEL 7

Efter att ha tackat nej till pokerrundan med de tre, pendlade han mellan två, ganska olika känslor: han var glad för att han inte ha gett efter till denna frestelse som han med säkerhet visste att det inte skulle falla hans föräldrar i smaken, men också plågad av bilden av de tre vid spelbordet som njöt av det nya lyckospelets känslor. Han hade känt instinktivt, att det där spelet hade fängslat honom för mycket och detta skrämde honom. Men också rädslan för det okända, vad beträffade den sympatiske, kanske för sympatiske Favian, hade hållit honom borta från personen. Han kände att attraktionen som Favian hade över honom hade något ovanligt, ju svårare att definiera, desto svårare att kontrollera och tanken slog honom att Favians honungssöta sätt kunde dölja tankar och dolda intressen.

Han hade inte fått något mer än ett uppskjutande till nästa dag och medan han tittade på Alena, som hade stannat hemma på grund av regnet, fick han en idé:

—Där du arbetar, på bruket, tar de emot också barn i min ålder?

—Där jag jobbar tror jag inte de tar emot, men jag har sett pojkar i din ålder på majsfältet. Det är inte så lätt och jag tror att det är sämre betalt då det är bara barn i den där arbetsgruppen.

—Vad är det exakt man ska göra?

—Hur skall jag förklara? På majsplantan, intill den, växer en slags liten sak, som heter unge. Du går längs majsraden och tar bort alla dessa ungar, för de blir inte kolvar. Majsen är ganska hög och man kokar i den där bitande värmen, dessutom får man pollen rinnande på huvudet och under kläderna. Vår grupp har också fått göra det en dag och så mycket som jag har sett, så har varenda majsplanta en till och med två ungar.

—Klart! Nu har jag bestämt mig! Hur svårt kan det vara? Om andra kan, varför skulle jag inte kunna? Väck mig imorgon bitti! Jag skall med dig till arbetet!

—Vi pratar mer om det ikväll! Vi får se vad mamma säger om det.

Alenas lärjungaskap, bestämd ett år tillbaka, varade inte längre än tre veckor, då respektive sömmerskan som aldrig hade jobbat med någon lärjunge och inte heller hade hon någon pedagogisk talang, abrupt talade om för Martia att de inte kunde fortsätta.

Eftersom de få platserna på Kemiyrkesskolan hade blivit upptagna och att för kvalificeringskursen för Klädfabriken i Staden måste man vara sexton år fyllda, jobbade Alena med sin mamma hela hösten och följande vinter. De sydde mattor och först i maj blev hon antagen till kvalifikationskursen på Klädfabriken, i yrket som pompöst hette konfektionär-maskinist.

För anställningen måste hon vänta fram till hösten, därför hade hon bestämt sig att ta ett jobb som dagsarbetare på ett av bruken som Staten hade startat under de senaste åren i närheten av den Stora Floden.

Där hamnade också Elaur följande dag, men från brukets

huvudingång delade de på sig så Alena gick med en grupp kvinnor från Miraveda mot fältet i närheten som var planterad med bönor, medan han klättrade i en annan släpvagn, full med bullriga tonåringar, som tog dem till majsfältet. Väl framme gick han, så som de äldre hade manat honom, till gruppchefen för att registrera sig. När han hade antecknat åtta nykomna pojkar, frågade gruppchefen Elaur:

—Hur gammal är du, lille pojke? Har du fyllt åtminstone tolv?

—Ja! Jag fyllde tolv i maj, svarade Elaur prompt, för att övertala honom att han är i stånd att hantera jobbet vid sidan av de andra.

När han fundersam hade tittat på honom i några sekunder till, skrev gruppchefen hans namn i boken med trasiga pärmar därifrån han började ropa ut dem pojkar som redan var registrerade från dagarna innan. Han kunde konstatera att till varje två-tre närvarande så var det en som inte hade kommit.

—Ganska många frånvarande! Ack, så arbetet är svårt! Fotboll är lättare och lyckospel i skogen likaså!

Från Miraveda, förutom honom, fanns det bara två pojkar, resten kom från Staden, från kvarteret som befann sig mellan

Huvudgatan och skogen, dvs tre parallellgator, som sträckte sig ifrån korsningen "Förvirra folk" och ända till kyrkan i Volna, med större och finare hus, dock med mycket mindre gårdar än de i Miraveda.

Den som hörde sitt namn uppropat, svarade "närvarande" och gick och ställde sig till höger om arbetsledaren, intill de nya, och så tog de varsin rad av majs som följde. Sedan började de arbetet som Elaur inte alls tyckte det var svårt, i synnerhet för att en vacker flicka, som han hade noterat redan i släpvagnen, hamnade på raden intill honom. Ungefär lika lång som han, hade hon ljusbrunt hår, kammat i hästsvans, medan hennes vita ansikte var prickad av små fräknar som gav henne extra charm. Förutom hennes vackra drag, hade hon gröna ögon med ögonfransarna böjda uppåt, som gav henne ett utseende av nyckfull prinsessa. Allt det där hade väckt Elaurs uppmärksamhet och han var väldigt förtjust i att jobba i sådant grannskap.

Han tänkte ofrivilligt på pokerspelet som han hade sprungit ifrån, och han kände, än en gång, en äldre övertygelse att varenda gång han sprang ifrån något ont så fick han något gott i stället, bekräftad. Flickan intill honom tycktes något par år äldre än honom, men han tyckte om lite äldre flickor med mer vågade och med bättre definierade former. Ju mer bestämd han var i att betrakta enträget en vacker flicka, medan han skickade meddelandet ”jag tycker om dig”, desto mindre villig var han att börja prata med henne, då han tyckte att det var normalt att hon skulle ta första steget. Vilket flickan intill honom också gjorde:

—Förlåt! Kan du tala om ditt namn för mig? Han tittade lite blygt på henne. Hennes fråga liknande för mycket det sättet som man använde mot småbarn då man hellre ville höra dem prata än att veta deras namn. Han harklade sig för att vara säker på att ingen känsla ströp hans hals:

—Jag heter Elaur!

—Mig kan du kalla J.K.!

—J.K.? Men det var ju inte så arbetsledaren ropade på dig!

—Jag heter Leta. Men det finns en flicka i skolan som inte gillar mig, en gång kallade hon mig Jeca, i stället för Jecu, som är mitt efternamn.

För att reta henne har jag tagit mig pseudonym namnet J.K. och alla mina vänner kallar mig så nu. Med stort J och K som i kilogram.

—Blir du ledsen om jag kommer att kalla dig Leta? Jag tycker bättre om hur det låter, det är ett mycket vackert namn!

—Du kallar mig som du vill! Jag är glad att du tycker om mitt namn. Jag tycker också om ditt namn. Det låter så här, spanskt! Jag har heller inte hört namnet Elaur förut. Jag vet namnet Laur, men jag tycker bättre om hur Elaur låter! Från den ena till den andra sade Elaur till henne, att han kände några pojkar som bodde i samma kvarter som hon:

—Vi spelar fotboll i skogen tillsammans, då och då, vi, i laget från Miraveda och de i skogens lag. Make, Eci, Mari och fler. Titi spelar i skogens lag, fast han bor i Miraveda.

—Men Make är min kusin, och min väninna, den där flickan, är Maris syster!

Trevligt överraskad tittade Elaur mot respektive flicka–och han såg meddetsamma att hon var mycket lik sin bror, men kortare och bra mycket tjockare än lång-långa Mari, från Skogens lag.

—Jag tror att du känner Jenni också, hon spelar fotboll, hon med.

—Hur skulle jag inte känna henne? Henne känner även de som bara går förbi den vägen, men jag då, som har spelat fotboll med henne? Hon spelar för Skogens lag och hon är bättre än många pojkar. En gång, när de attackerade och jag spelade i försvaret, fick jag en boll i ansiktet av henne, jag såg ut som om tåget hade slagit mig!

—Kommer du ofta till skogen? Vi är här ibland, men jag har aldrig sätt dig!

—I vårt lag spelar pojkar som är äldre än mig, jag spelar bara ibland, när det händer att någon av dem inte kommer.

Fram till lunchrasten gick tiden fort och förvånansvärt trevligt, Leta adresserande honom ganska direkta frågor, men han tyckte om dem:

—Vad tycker du bäst om, matte eller litteratur?

—Litteratur. Men, sedan ett år tillbaka, sedan jag har en annan lärare, tycker jag om matten också.

Deras samtal, lett av Leta, var inte bara trevligt, men det gjorde även henne mer och mer intresserad och nyfiken:

—Så som jag tror så är du pristagare!

Det var någorlunda obekvämt med hennes abrupta stil, då han inte visste hur han skulle reagera, för han ville verka varken biblioteksråtta eller skrytsam:

—För mig är pristagare den som får högst betyg, men jag kommer som nummer två. Klassens förstapristagare, förutom att han hade bättre betyg än jag, har han också en skrivstil som är vackrare än flickornas och hans skrivböcker är perfekta. Jag blir nästan irriterad på honom! Jag tror att han bara skriver och pluggar dagarna i enda!

—Du då, vad mer gör du? Åhå, jag har ett gäng på gatan, så mina tankar är överallt, utom på hemläxorna. Mitt franska häfte är hela tiden hos min kusin, Mira, som också är min klasskamrat. När hon har gjort sin hemläxa så gör hon och skriver ner min också. Vanligtvis, gör jag gärna mina hemläxor i litteratur och matte, resten har jag inte någon direkt passion för.

På lunchrasten, då var och en åt vad man hade i matlådan hemifrån, gick Leta för att äta med sina väninnor någonstans på det solkalcinerade gräset där de lade en liten filt ovanpå, lite större än en handduk och där de öppnade upp var sin matlåda med ost eller salami, men också hemgjorda köttbullar, kokta ägg och många tomater. Elaur, som inte kände så väl dem två pojkarna från Miraveda, gick och satte sig ensam på en liten kulle, åt snabbt och någorlunda frånvarande, bröd med fårost samt två kokta ägg, direkt på det vita pappret som hans mamma hade packat i. Han kastade ett öga mot flickgruppen som viskade någonting, fnissade lätt och tittade på honom med snabba, nyfikna blickar, för att meddetsamma vända blicken mot deras väninna Leta, som viskade något för dem.

Elaur kände sig träffad, till och med besvärad av att vara deras samtalsämne, men efter ett tag, när han märkte de beundrande blickarna som Letas väninnor kastade, fick han en obekant känsla och därför desto trevligare. Han var ganska säker på att Leta tyckte om honom och pratade fint om honom.

När de hade ätit, gick de tillbaka till majsfältet för att fortsätta jobbet. Då blev han otrevligt överraskad av att ett långt åbäke, minst fyra år äldre än honom och med ett huvud längre, som redan hade kastat till honom en ond blick. Han hade bytt med en annan flicka och tagit hennes rad, till höger om Leta. Killen bodde granne med henne och ville varna honom, när hon gick till vattentanken med dricksvatten:

—Hör du, lillpojken, ta hand om ditt Miraveda och sluta göra dig till med Leta! Hon är min flickvän och om du så mycket som fortsätter prata med henne så skall du få på käften av mig!

Elaur var inte feg av sig, men när han tittade på åbäket, som var stor som ett berg och dessutom hade en massa vänner bland pojkarna i deras grupp, insåg han meddetsamma att han ju inte hade en enda chans att ignorera honom och desto mindre att trotsa honom.

Utan att säga någonting, innan Leta kom tillbaka, började han arbeta på sin rad av majs, lyckades komma mer än tjugo meter framför henne, när hon ropade på honom:

—Elaur! Vänta på mig! Strax hinner jag i kapp dig! Arg på henne, för att hon inte hade talat om för honom om något åbäke, men ändå mer arg för att hon hade pojkvän, svarade han inte. Och han svarade inte heller när hon ropade andra gången, utan började riva ännu mer förbittrad som om majsplantorna hade varit hemska förlängningar av hennes odrägliga granne. När hon såg att han inte stannade, förstod Leta snabbt vad som hade hänt och lämnande sitt arbete, började gå med snabba steg mot honom och hann i kapp honom på ett visst avstånd från åbäket som flinade åt henne. Hon tog ömt Elaurs hand och frågade honom:

—Vad har den där dumskallen sagt till dig? Jag visste att det var därför han hade flyttat sig intill mig!

—Han har sagt att du är hans flickvän och att jag skulle låta dig vara ifred!

—Kanske i hans drömmar! Han är en stor knäppskalle som sedan två år springer efter mig och han förstår inte att jag inte är intresserad! Ignorera honom, punkt, slut!

Elaur betraktade henne förvirrad, utan att säga något mer, med ett tvingat leende och tänkte ändå på åbäkets hotelser. Leta förstod direkt hur det stod till och, med ett tecken åt honom att han skulle vänta, vred hon sig på hälarna och gick bestämd mot sin granne. Elaur hörde inte vad de pratade, men på kort tid och utan för mycket oväsen försvann han bland majsraderna och, i stället för honom dök upp, leende, flickan som han hade bytt med. När han blev av med åbäkets närvaro, började han arbeta på hennes rad, tillbaka, tills de träffades:

—Nu mår du bra, OK? – sade hon till honom med ett förföriskt leende. Det var för andra gången, på mindre än en timme, att Elaur var överväldigad av den där känslan som hade invaderat hans sinnen och själ och gjorde att han kände sig lycklig.

—Du ska ju inte behöva vara rädd för honom! Det löser sig! Om han stör dig mer så tar jag hand om honom. På mer än en halv timme innan traktorn med släp kom för att ta dem till Staden, var de två klara med sitt arbete. De gick runt majsfältet, på en lerig väg, runt och till vänster om detta och gick mot andra sidan, där de hade lämnat sina saker. Snart därefter, när de hade passerat de andra, som fortfarande jobbade, tog Leta honom i hand, vilket gjorde att han kände sig lätt som en fjäder och att han glömde helt och hållet det osympatiska åbäket, men också tröttheten av den första arbetsdagen i sitt liv.

När alla hade kommit tillbaka till fältet, med den instinkten som var specifik flickorna, som i tonåren är mer utvecklade än pojkarna, bad Leta honom att sträcka sin hand för att hjälpa henne att stiga upp på släpet, en speciell gest, som en investering som förvirrade Elaur, men som han tyckte om, desto mer för att det skedde framför åbäket och pojkarna från hennes stadsdel, som på det sättet fick lov att veta hennes val.

När de kom fram till bruket, vinkade Elaur åt Alena, men han bytte inte släp för att vara med sin syster utan stannade kvar i samma släp som Leta, som gick via Staden där de flesta gick av och sedan fortsatte den vägen mot Miraveda där både traktor och släp parkerades över natten. På stående fot, som alla de andra i släpet, närmade sig Leta hans öra, och sade:

—Jag hoppas att du fortsätter komma till arbetet! Det är många som kommer en dag och sedan syns de inte mer!

Överväldigad av hennes uppmärksamhet, svarade Elaur meddetsamma bejakande med huvudet, överraskad av den lätta bromsande av traktorn som kastade Leta mot honom. När hennes bröst kom emot hans, kände han en värme som invaderade hela hans kropp, till skillnad mot henne som betedde sig helt naturligt, skrattande åt händelsen. Han log, han också, till slut, i synnerhet när den lyckliga händelsen upprepade sig två-tre gånger, då han kände inte bara hennes bröst mot hans, men även andningen, mycket nära hans läppar. Det kändes att tiden hade runnit snabbare än någonsin, fram till att släpet stannade på det ställe där både Leta och alla andra i hennes område måste stiga av. Hon steg inte av meddetsamma, utan lät dem andra göra det först, vilket övertygade Elaur att också hon hade svårt att skiljas från honom.

—Hejdå! Vi ses imorgon på bruket. Jag hoppas att du drömmer vackert i natt, viskade hon till honom.

När släpet tog av mot Huvudgatan vinkade hon till honom en gång till, tittade leende på honom och han följde henne med blicken tills traktorn svängde åt vänster, mot Miraveda.

Fortfarande leende och euforisk, gick han av vid Kvarnen och började gå hem där hans mamma tog emot honom, förundrad när hon såg honom så lycklig – då hon hade väntat sig att se honom utmattad efter hans första arbetsdag.

—Vad är det med dig, min älskling? Varför är du så lycklig? Jag hade tänkt att inte låta dig gå dit mera! Har vi inte mat på bordet, eller?

—Jo, jag ska gå! Det är inte så svårt och det är många barn i min ålder. Jag sparar pengar till marknaden och jag köper några böcker också!

Martia såg på honom med kärlek och tyckte att, i slutändan, kunde inte arbetet skada honom, utan det lärde honom vad som var svårt och arbetet gjorde att han älskade skolan ännu mer. Elaur var stolt, i sin tur, att han arbetade och skulle tjäna sina egna pengar, som verkade bra mycket mer värdefulla och verkliga än dem som han tjänade med julstjärnan och mer "ärliga" än dem som han tjänade på "Lilla gropen".

Efter två andra dagar, verkade hans relation med Leta materialiserad mest i samtal och i deras oskyldiga blickar, några vidrörande av händerna, men i synnerhet i de speciella känslorna som de båda delade, omvandlas till en vacker saga. Den fjärde arbetsdagen, när släpet som han hade stigit på vid Kvarnen, kom fram till Letas kvarter, lyckades inte Elaur skilja hennes ansikte i den kompakta gruppen som väntade. Lite förvånad av hennes frånvaro, betraktade han personerna som steg in i släppet, med förhoppningen att Leta är bara sen och skulle dyka upp i den sista stunden. När släpet hade gått, tittade han frågande mot hennes väninna som försökte göra sig plats bland de andra och komma till honom:

—Leta mådde dåligt i natt och hon är på sjukhuset!

Jag har pratat med hennes mamma, idag opereras hon för blindtarmen!

För Elaur kom hennes ord som ett blixtnedslag. Han visste inte hur han skulle reagera. Han kom även ihåg att det hade varit en granne som var närapå att dö av "sprucken blindtarm". Då frågade han, med rösten strypt av rädsla:

— Är det något allvarligt? Vad sade hennes mamma?

— Hon sade att Leta mådde bättre mot morgonen.

Om hon opereras idag kommer hon att stanna fyra-fem dagar på sjukhuset. Elaur, som fundersamt hade dragit sig tillbaka i ena hörnen av släpet, tittade ledset åt ena hållet, undvikande åbäkens nöjda flin och tänkte att han förtjänade en näve i det dumma ansiktet, oavsett hur mycket stryk han skulle få i efterhand. Då hon hade uppfattat åbäkens, minst sagt, konstiga reaktion, sade Letas väninna, irriterad:

— Vad flinar du åt? Tror du att, om hon opereras, kommer hon att tycka om dig? Dra åt skogen! Leta har rätt, när hon säger att det inte finns en dumskalle värre än du!

Då de inte skulle gå till bruket nästa dag, eftersom det var en söndag, tänkte Elaur på alla sätt hur han skulle ta sig till sjukhuset för att träffa Leta – fast han inte visste var sjukhuset låg och ännu mindre i vilken sal han skulle leta efter henne. Till slut kom han själv på tanken att han ju inte kunde besöka henne första dagen efter operationen och han var ganska nedslagen hela denna söndag. På måndag morgon, när han träffade Letas väninna, var hans första tanke att fråga henne om hur Leta mådde.

— Hon opererades i lördags, men igår fick hon inte ha fler besökare än sin mamma, eftersom hon fortfarande var på intensiven. Hennes mamma talade om för mig att, om det inte tillkommer några komplikationer, skulle hon få gå hem på onsdag eller torsdag.

Elaur åkte till jobbet även på tisdagen mer för att, av hennes väninna, få reda på numret på rummet som Leta hade blivit flyttad i. På morgonen, och även på kvällen, åkte han i samma släp som sin syster Alena, då åbäket men också en vän till honom, hade hotat med att ge honom stryk.

På onsdag åkte han inte längre till jobbet på bruket och klockan fem på eftermiddag dök han upp vid gamla sjukhusets port, dock utan att lyckas komma in då besöken var tillåtna endast på söndagar. Utan någon information alls och med risken för att få stryk, väntade han i Letas kvarter, på traktorn som kom från bruket och följde efter hennes väninna som log delaktig mot honom, men gav honom en dålig nyhet:

— Leta kom ut från sjukhuset i lördags, men hon har åkt till landet, till sin mormor och morfar. Hon kommer tillbaka i början av september!

Nedslagen började han gå mot Miraveda, medan han försökte förstå varför Leta hade åkt till landet utan att skicka ett enda ord till honom. Han försökte minnas hela den tid som han hade varit med henne och kunde inte minnas att han hade gjort eller sagt något som skulle göra henne ledsen eller upprörd.

Minnet av dem tre dagarna och av hennes gröna ögon fick hans ansikte att lysa upp och gjorde honom optimist och säker på att de skulle återses i början av september.

KAPITEL 8

—Elaur, vad är det med dig, pojken? Jag ser att du är ledsen sedan några dagar tillbaka. Har det hänt dig något som du inte vill berätta?

—Jag är ledsen att jag inte längre kan gå till bruket.

Om det inte hade varit för de eländiga typerna, som jag berättade för dig om, så skulle jag fortsätta gå, sade han, trots att han ju inte hade någon lust för bruket och för arbetet där, som i Letas frånvaro föreföll honom som hårt och dåligt betalt. Han kunde inte säga till sin mamma att han var olycklig då han inte hade berättat om Leta och hans känslor.

—Kom älskade pojke, kom ut lite! Min svåger från Calavechi är här, han kom med hästvagnen för att lämna en halv säck mjöl. Vill inte du åka till dem för några dagar?

Martia hade en lillasyster i Calavechi som bodde mitt emot kyrkan, samt två bröder, var och en i sitt eget hus, den yngsta just i föräldrahemmet som hade blivit hans när deras mamma dog, två år tidigare. Elaur såg med sina inre ögon de två enorma päronträd på sin mormors och morfars tomt och han tänkte på dem små och söta päronen som sannolikt hade mognat, men också på sina kusiner, dotter och son till sin andre morbror som hade huset lite längre bort, vid byns utkant. Med tanke på omöjligheten att träffa Leta och med förhoppning att, tillsammans med sina kusiner skulle tiden rinna fortare, accepterade han mammas förslag och gick ut på gården för att hälsa på hans morbror.

Morbrodern, en enorm man, röd om kinderna och alltid med ett leende på läpparna, höll på med att ge vatten till sina två hästar, spända vid vagnen, ur en metallisk hink som han stödde med ena knäet.

—Kom igen, pojke, vi åker till landet! De första gröna melonerna är mogna och om den här värmen håller i sig så mognar de gula också inom två-tre dagar!

Martia, med sitt stora hjärta, även om hon var den tredje födda av sju syskon, var hon en sorts god mamma för alla: för sina bröder och systrar, men också för sina svågrar, svägerskor och deras barn. De senaste till och med tilltalade henne med benämningen mamma-moster.

Medveten om att han skulle vara välkommen till vilken som helst av sin mammas syskon, klämde Elaur ihop några byteskläder i en plastpåse och åkte med morbror till Calavechi, dit de kom fram just vid lunchtid.

Hans moster hade just avslutat matlagningen. Glad för att få träffa honom, dukade hon snabbt bordet ute på tomten i den behagliga skuggan av ett stort valnötsträd, mellan brunnen och sommarköket. Martias syster, som liknade henne mycket till utseende, förutom ögonen, som var blå, älskade mycket Elaur, i synnerhet efter försvinnandet i olyckan av hans bror, Nion.

—Vad stor du har blivit, Elaur! Min syster har talat om för mig att du är briljant elev, först i klassen! Hon är väldigt stolt över dig! Kom ska vi äta och sedan skär din morbror den stora vattenmelonen där som är så söt och god!

Efter en ganska lyckad vecka tillsammans med sina kusiner i Calavechi, då tanken ändå jämt flydde till den vackra och temperamentfulla Leta, kom han tillbaka till Miraveda i en gammal och dammig buss vars motor stannade just på busshållplatsen i centrala Miraveda och vägrade starta om, trots chaufförens upprepade försök. Till skillnad från passagerarna som skulle till Staden, blev Elaur inte ledsen alls att stiga av en busshållplats före Kvarnen. Tvärtom, tänkte han att han kunde besöka sin klasskompis, som bodde intill skolan och få tillbaka sin boll, som han hade lämnat till honom den sista skoldagen. Han steg av där, framför kyrkan, gick tillbaka några steg, passerade vårdcentralens byggnad där Miraveda Kommun hade varit under flera år förut och gick över den vinkelräta gatan, mot restaurangen Lilla Druvklasens sommarträdgård, som hade ingången från Nationalvägen. När han kom närmare det höga staketet, som var gjord av smala plankor disponerade diagonalt och grönmålade och som man kunde se igenom, kände Elaur igen, vid ett av borden, Codrus omisskännliga ansikte. Han tittade ut mot gatan, förargat som vanligt. Den första stunden blev han stel av rädsla, men sedan, när han förstod att han inte hade blivit sedd, fortsatte han att gå med samma hastighet för att inte dra till sig uppmärksamheten, medan han tittade hela tiden tillbaka, tills han kom på den gatan, den andra från Nationalvägen, där hans kompis bodde.

När han hade tagit tillbaka sin boll, började han gå hem med snabba steg, men tanken på att Codrus återkomst till Miraveda, som tillägg på Letas försvinnande till sin mormor och morfars by, som befann sig på tjugo kilometers avstånd längs den Stora Floden, gjorde att han kände sig ännu mer nedslagen än han var när han hade åkt till Calavechi.

Som tur var så var alla i familjen ute. Då gick han till sommarköket, som aldrig låstes, tog hemnyckeln från köksskåpet, låste upp huset och gick in. Väl inne i sitt sovrum kände han sig meddetsamma glad, betraktande böckerna, fint uppradade på bordet, väntande som trogna vänner. Han hade saknat dem och eftersom sitt sovrum var den mest svala i hela huset, kände han en outsäglig lust att fördjupa sig i läsning. Han läste med lust, nästan med girighet, glömde allt och alla, gick totalt in i bokens saga och glömde alla andra behov på flera timmar, som om han hade lämnat sin egen kropp och reste nu till outsägliga, säregna platser, tillsammans med bokens karaktärer, som gjorde att hans sinne och själ smälte ihop.

Så gick det två veckor till, då han bara läste och läste och gick ut på tomten bara då och då för att göra det han hade lovat sin mamma, att ta hand om sin lillasyster. Eftersom han strängeligen hade bestämt att hon inte fick gå ut på gatan, kom hennes två väninnor, i samma ålder som hon, varje dag för att leka tillsammans, på en trasmatta, i trädens skugga, bakom huset.

Den första septemberdagen vaknade han med tanken på Leta och hoppades att hon hade kommit tillbaka från sina morföräldrar. När han hade ätit två brödskivor med margarin och marmelad, sörplade han av det kalla mintteet, som Martia hade gjort innan hon

gick till jobbet, tog på sig ett par långbyxor och en ren skjorta och gick därefter mot Letas kvarter. Efter tre dagar, då han hade rört sig utan resultat i hennes kvarter, träffade han, den fjärde dagen, Letas väninna, som hade kommit till Miraveda, på ett släktbesök:

—Leta har flyttat med sin familj på landet, hos sina morföräldrar. Hennes pappa tog jobb på bruket där och då flyttade de alla.

Hennes ord hade fallit som en svart gardin över Elaurs sinne som, förvirrad, kunde inte ens fråga något mer p. g. a.

överraskning och upphetsning, men också på grund av en flickas närvaro, som bodde mitt emot och var klasskamrat med honom. Han gick, nedslagen och vemodig, med den konstiga känslan att något osynligt och mycket starkare än honom, hade bestämt att han aldrig mer skulle kunna se Leta.

Under de åren som följde skulle han, då och då, komma ihåg henne, som en vacker dröm och han träffade henne först efter sju år, då hon promenerade i Stadens stora Park, hand i hand med sin man. De hade känt igen varandra meddetsamma, han tittande nostalgiskt på henne medan hon gav honom ett diskret och lite bittert leende.

***

De två åren som följde hade passerat ganska lugnt, Codrus dök inte upp på skolan och överhuvudtaget inte i Miraveda. Elaur, med stor glädje, fick reda på att han arbetade i byggbranschen, i en annan stad, som befann sig ca fyrtio kilometers avstånd, i riktning norrut. Han bodde i en arbetarbarack.

Elaur hade samma respekt för skolan, fast hemma gjorde han inte så mycket, utan han var nöjd att endast göra hemläxorna, i vars syfte han öppnade böckerna. Han var däremot mycket koncentrerad på lektionerna, lyckades memorera bra bitar av de nya lektionerna, så han hade mycket bra resultat och plats ett för första gången, med ett resultat som var några hundradels mindre än Arians, klassens bästa.

Elaur var omtyckt av lärarna, de till och med lät bli att "se" honom, om han gjorde någon galenskap, och detta just för hans goda koncentration under lektionerna.

Geografiläraren Licea gjorde även så att, när han var klar med undervisningen i den nya lektionen, gav han fem-sex minuter till Elaur som fick berätta den nya lektionen i sammanfattat form.

—Kom, Major Elaur, kom och sammanfatta den nya lektionen, så kanske det blir något kvar i skallarna på dessa idioter, för jag tror inte att de kommer att öppna boken hemma!

Elaurs klass var den bästa av dem fyra i samma år, men det fanns också några bland hans kollegor som ingenting läste och ingenting lärde sig. Inte på skolan, och inte hemma.

Läraren Licea hade kallat honom "major", efter graden som hade givits till Elaurs morbror, Martias storebror, som läraren hade lärt känna på en utflykt till bergen där majorn hade sin garnison.

Förälskad i geografi, historia och natur, organiserade herr Licea de vackraste utflykterna och presenterade till sina elever, levande, allt som han berättade för dem på geografilektionerna, men även andra saker nödvändiga för historia och biologi.

När första utflykten tillkännagavs, var Martia rädd att det skulle hända Elaur något. Hon var inte så glad i att låta honom gå och endast efter att hon, av den anledningen, kom till skolan och talade med herr Licea och erinrade förlusten av sin första pojke, gav hon sin tillåtelse. Efter återkomsten från utflykten, när Martia såg hur mycket nytt sin son hade lärt sig och hur lycklig han hade blivit, tackade hon läraren när hon träffade honom:

—Herr Licea, hur många utflykter ni än organiserar från och med nu, skriv, snälla, Elaur som först på listan! Det är mycket bra vad ni gör för dessa barn. Ni öppnar deras sinnen, många av dem hade inte ens kommit ur Miraveda utan era utflykter!

Det var vackra och billiga utflykter, då herr Licea valde annorlunda rutter med inkvartering och mycket billiga måltider på olika skolors internat, i städer med många historiska objekt, på extremt pittoreska platser.

På en sådan utflykt, i början av sjuan, hade herr Licea upptäckt hur vackert Elaur reciterade.

Han förberedde, tillsammans med skolans musiklärare, deltagandet av deras skola i den årliga tävlingen, bland de andra skolorna i Staden. För den sakens skull förberedde han skolans kör, inklusive hela det artistiska programmet. Abonnerad, år efter år, på första priset med kören, hade han ett tungt ord att säga beträffande innehållet i det hela övriga programmet. Han bestämde, på plats, att Elaur skulle vara skolans nye recitatör. Dessutom, väl tillbaka till Miraveda, bestämde han också att Elaur skulle ansluta sig till de två flickorna som presenterade det artistiska programmet och som förutom de tre-fyra körsångerna också inkluderade pjäser av solo musik, även dans, diktuppläsning samt en teaterpjäs.

— Majoren, om du även hade kunnat sjunga, hade jag tagit och åkt på semester, skojade herr Licea. Men verkligen, Elaur, som hade vunnit dikttävlingen och även första plats med teaterpjäsen, på väg att bli en liten stjärna, var förtjust i flickornas uppmärksamhet och i lärarnas uppskattning. Och nyligen hade han blivit vald för skolans fotbollslag, där han igenkände pojken från klass B som hade rykte om sig att vara skolans smartaste elev, vilket gjorde Elaur nyfiken. Han skulle snart bli övertygad, i synnerhet när de hade blivit klara med grundskolan och de blev klasskompisar på gymnasiet.

Elaur hade tävlingsandan, vilket hjälpte honom många gånger i livet, men som gjorde honom svår att stå ut med, när på rummy och kortspel, men också på fotboll och andra spel, han blev ilsken när han förlorade. Han visste dock, instinktivt, att han behövde konkurrens för att kunna mobilisera sig, därför ville han lära känna och tävla mot dem bästa.

—Jag har hört att du är väldigt bra på matte, sade han till Peter, efter en fotbolls parti. Jag har ett svårt geometriproblem som jag har hittat en lösning till, men jag vill verifiera om det är korrekt. Han räckte honom ett rutigt blad, som han vek upp som innehöll hans ritning, men även problemets data.

Han ville inte så mycket att testa honom, utan närma sig honom, med känslan av att han bara hade att vinna från en sådan relation.

Nästa dag kom Peter på långrasten till Elaurs klass och satte sig på hans bänk:

—På riktigt, jag tyckte om problemet! Det plågade mig lite, men jag tror att jag har hittat ett korrekt svar.

Han visade Elaur pappret som han hade med sig, som innehöll problemets lösning, ganska olik Elaurs, men när de hade konfronterat de två lösningarna, erkände Peter ärligt, att Elaurs lösning var enklare. I sin tur, hade Elaur blivit förvånad av Peters grafiska konstruktion, uppfunnen av Peter själv, som utan att märka en viss parallellitet, inte hade

givit upp, utan utvecklat en lösning som Elaur aldrig skulle kunnat tänka ut. De var båda glada för någonting som skulle omvandlas, med tiden, i en lång vänskap. Elaur uppskattade Peters orubblighet och otroliga intelligens som gav honom en stor mobilitet i att tänka medan Peter kände sig provocerad av hans nye väns ambition, gladde sig för att ha hittat en ganska konkurrenskraftig vän.

På sommarlovet före åttan hade de börjat träffas ofta för att tillsammans leta efter lösningar på komplicerade matematiska problem. Peter tackade aldrig nej till en sådan provokation och Elaur försökte, åtminstone då och då, komma ifrån kompisarna på sin gata, med deras oändliga fotbollsmatcher, som tröttade ut honom, men också från pokerpartierna, den andra "sporten", som hade tagit deras gata i besittning.

Efter en sådan matteomgång, på väg hem från Peter, som bodde på andra sidan Miraveda, blev han hungrig och stannade på Brödcentret, som brödbutiken på Nationalvägen pompöst hette, mitt emot restaurangen.

Eftersom här var den enda platsen i Miraveda där folk kunde köpa ransonerat bröd, kunde man även köpa fritt kringlor, bagels, de mycket omtalade "tvillingarna" samt "japanskor", som kom ihop med brödet och tog slut på två-tre timmar.

Det var lång kö men bilden av de färska "japanskorna", ganska intressant sammanflätade och väl garnerade med vallmofrön kunde han inte släppa. De människorna i kön hade väntat i mer än två timmar på brödbilen som kom en gång per dag till Miraveda, på ett klockslag som ingen kände till och blev lossad av några större pojkar av dem väntande, som på det sättet uppnådde rättigheten att komma före i kön.

De andra väntande, några kvinnor och många större eller mindre barn stod och trängdes på tre-fyra rader, vaksamma så ingen annan skulle tränga sig före dem.

Han tänkte att han hade en lång väntan framför sig, då kön rörde sig rätt sakta, på grund av att lapparna, rivna från ransoneringsboken, krävde även brödhalvor. Säljaren använde jämt och ständigt den långa, skarpa kniven för att skära de färska bröden på trägallren. Han hade inte tillåtelse att ge folk mer än deras ransoneringsbok gav dem rätt till och det fanns heller inte mer bröd än beräknat. Ransoneringsboken hade blivit utfärdat enligt antalet personer i familjen.

Strax efter att han hade ställt sig i kön, dök en flicka upp i butiksdörren, som precis som han, skulle börja åttan i en parallell klass. När hon upptäckte honom i kön, tittade hon ömsint på honom, sedan kom hon och ställde sig bakom honom, på raden intill säljbänken. Hon var klädd i en röd klänning med små vita blommor, kort-kort, otroligt kort och åtsittande.

Om Elaur inte tittade så mycket åt hennes hål i skolan, där han var intresserad av andra flickor, hade den här gången, den röda klänningen som visade hennes vackra kropp och de, för hennes ålder, väl utvecklade brösten, direkt tagit upp hans uppmärksamhet. Dessutom hade hon långa, raka ben, som gjorde att Elaur kände en oemotståndlig attraktion, möjligen förstärkt av vågen av feromoner som hon sände.

—Hur är det med dig, käre Elaur? Jag har inte sett så mycket av dig i närheten av Brödcentret, viskade hon och närmade sig hans öra. Jag trodde att smarta elever åt bara sockerkaka!

Hon hade klistrat sina utbuktande och fasta bröst mot hans rygg, det gjorde att han kände en onaturlig värme som svämmade över hela hans kropp, kinderna började bränna och pulsen galopperade som en okynnig häst.

—Hej, kol... kollega! Svarade han, förvirrad för att han endast kunde hennes efternamn. Jag visste inte heller att du kunde vara så ironisk. Jag kommer inte så ofta hit! Vi är tilldelade Brödcentret på Lilla Torget, i Staden.

Nu kommer jag från en vän och har blivit hungrig! Titta, vilken kö jag måste stå i för en liten "japanska"!

Fler och fler personer kom och ställde sig bakom henne och lateralt, så flickan kunde klistra sig ännu närmare på honom, utan att dra någons uppmärksamhet. Elaur hade aldrig någonsin känt den där köttsliga njutningen, så han var totalt överväldigad av läget och därför gav han sådana förvirrade, udda svar på hennes enkla frågor.

Han visste inte längre hur många minuter de hade stått i kön, tiden omvandlandes till ett svindlande, förvirrat flöde, han tappade helt kontrollen över sina hormoner då flickan, avsiktligt, trängde sitt högra ben mellan hans ben, lika nakna som hennes, då han var ikläd kortbyxor och en tunn tröja. En manlighet växte i honom som uppväckt ur en lång sömn och, med blicken framåt, utan att se eller höra något, kände han att människorna runt omkring sig hade smält och försvunnit helt.

Efter en tid bringades han brutalt till verkligheten av den tjocka, lite irriterade säljarens röst, som såg på honom med handen utsträckt mot hans peng:

—Kom igen, unge man! Skall jag vänta länge tills du säger vad du vill ha?

—Snälla, kan ni ge mig en "japanska"? A...aa...! Nej! Vänta lite! Ge mig två "japanskor"!

Han tog de två japanskorna samt några mynt som växel och utan att titta åt hennes håll, gick han yr, ut ur affären. Han väntade på henne utanför. Han tänkte erbjuda henne en japanska. När hon, efter en tid, kom ut, hon också med två bröd i en plastpåse och ignorerande honom, gick hon mot två kvinnor som stod och pratade och hon tilltalade den ena, på sådant sätt så han också skulle begripa:

—Kom, mamma! Jag höll på att tillbringa hela dagen med att stå i kön. Hon tittade sedan mot honom, med ett leende så diskret som ett osäkert löfte och gick vid sidan av sin mamma, åt andra hålet än vad han skulle. Gången var utstuderat, hon visste att hon var betraktad och till och med åtrådd. Elaur stod kvar stum, med hormonerna kokande i hela hans kropp och tittade förbryllad efter henne.

Han följde henne med blicken tills de kom fram till första gatukorsningen där, innan de skulle försvinna på gatan som gick till skolan och försiktigt så att hennes mamma inte skulle märka, vände hon sig och tittade enträget på honom och gjorde ett diskret tecken med handen.

Först då började han också gå hemåt, mer omtumlad än om han hade löst tio svåra matteproblem. Efter några hundra meter insåg han vilken idiot han hade varit, som inte hade följt henne på distans för att ta reda på vart hon bodde.

KAPITEL 9

Väl hemma, åt han något hastigt och sedan gick han ut och till Elus grind, där han just hade gått förbi och där flera pojkar från gatan hade startat ett hett pokerparti. Eftersom två av dem just hade blivit panka, liksom andra som var utanför och hejade, gick Elaur meddetsamma in i spelet och på kort tid förlorade hälften utav pengarna som han hade med sig.

Lite i taget, började han förstå Elus spel, som var fem år äldre än dem, men också Lefans bluffspel och så småningom började han vinna. Han fick även hjälp av den otroliga serien av bra kort som han fick nästan varenda gång och som retade så mycket de andra.

-"Den som har tur i spel har otur i kärleken", retade de andra honom, utan minsta misstanke om hur mycket de träffade honom med de orden. Lefan spelade som en galning med hela summan han hade kvar, medan Elu hade kastat sina kort. Elaur hade sett att Lefan hade behållit tre kort, kastade bort endast två, jämfört med honom, som hade kastat bort tre och sparat ett par damer på handen. Han började titta på korten som han just hade fått, den första visade det sig också vara en dam. Han tänkte att, om Lefan hade tre äss, eller tre kungar, så vore han bättre än honom. Han tittade diskret även på nästa kort som var ett äss. Hjärtat hoppade i hans bröst när han såg att det sista kortet som han fick också var en dam, vilket betydde att han hade fyrtal i damer.

Med mycket självförtroende och med vetskapen att Elaur hade kastat bort tre kort, jämfört med honom som hade tre kungar från början, sade Lefan till honom:

—Kom igen då, det hinner bli natt tills du har bestämt dig!

Nästa dag förlorade han det mesta av pengarna till Lefan, men också till Nic, som var Dodes mellanbror och på kvällen bestämde han sig att han, dagen efter, skulle gå och arbeta på bruket tillsammans med sin klasskompis som bodde intill skolan och som hade fått veta att Bruket betalade väldigt bra för ungdomar i deras ålder. Han kände igen den ärofyllda stoltheten att tjäna "sina egna pengar" genom att arbeta, i synnerhet för att han även hade identitetskort sedan tre månader tillbaka. Han behövde inte längre lyfta sina pengar på posten med födelseattesten som han hade gjort de senaste två åren. Faktiskt var detta ett försök att avlägsna sig från pokerspelet, men också från spelberoendet som hans mamma hade lyckats skrämma honom med.

Uppryckningen av de torra bönplantorna ur jorden, arbetet som han hade kommit till med sin kollega, föreföll honom inte som tungt, i synnerhet på de rena partierna med gräs. Men han fick stora problem efter bara tre dagar, med såren som han fick på fingrarna, vid naglarna, provocerade av dem torra bönstjälkarna, men även av de långa, sega trådarna av åkerbinda, även kallad svalans lilla klänning, som sträckte sig upp till två meters längd och som vred sig runtom flera bönplantor. Deras ryckning ur gjorden blev en otroligt svår operation.

Han tyckte inte om att backa, fast efter två-tre dagar var hans fingrar, nästan hela tiden, blodiga. Han hade redan prövat att ha handskar, men dessa halkade längs plantorna och uppryckningen av bönorna från jorden, hård som sten, blev svår eller omöjlig. Den enda lösningen var att han med plåster skulle bandagera naglarna till alla fingrar, vilket gjorde att kvinnorna från Miraveda log roade. Många av dessa, de flesta faktiskt var i hans mammas ålder och de hade inte ett sådant problem, deras händer var ju redan grova och märkta av hårt arbete.

Bandagerad och försiktig, för att hans mamma inte skulle se honom, envisades han att fortsätta arbeta, tills han samlade dem tolv arbetade dagarna.

Efter de första dagarna, genom att ta exempel från de andra pojkarna, tog han också några bönor, ca ett - ett och ett och halv kilo, kanske två, som han gömde under skjortan och lade dem i köket och glömde visa dem för sin mamma, men nästa kväll, när han lade framför henne nästan två kilo bönor, tittade hon på honom och sade, förargad:

—Men älskling, tänk om de får tag på dig vid någon kontroll, så att du blir till åtlöje! Gud bevare mig att du blir till åtlöje i skolan också! Hellre går jag och köper! Jag har ju sagt dig, om du är duktig i skolan så har jag inte andra krav på dig. Än sen då, man blir inte rik på stulna saker!

Martia tyckte om att säga detta ordspråk som hon kunde ända sedan hon var liten, då rikedomarna, stora eller små, fanns hos människorna, inte hos staten, som nu. Hon respekterade ordspråket, lika mycket som Tramian, även om de båda såg, i Miraveda och i Staden, vilka hus och rikedomar gjorde de som stal från statsföretagen, utan att någon ställde dem till svars. Tramian filosoferade till och med, i samtalen om religion, till dem som ville lyssna till honom:

—Den Nya Myndigheten gör mycket ont i det att de vill ta bort Gud från människorna. Gud är den bästa väktaren.

Han vaktar överallt och begär ingen lön heller! De här anställer väktare överallt, men vem vaktar väktarna, så inte de stjäl?

Efter de tolv dagarna som han hade jobbat vid bruket, på kvällen, vid matbordet, märkte Martia att Elaur gömde sin högra hand under bordet, och hon sade:

—Jag vill veta vad du har råkat ut för vid handen! Kom igen, som i skolan, händerna på bordet!

Elaur, som hade räknat sin vinst på bruket till femton arbetade dagar, tvekade inte längre, utan visade handen till sin mamma och tittade ganska djärv på henne.

—Åh, Gud! Vad är det med dina fingrar? Det är helt öppet sår! Och du vill fortfarande gå till bruket, på det här sättet? Jag skulle nog vara galen om jag tillät det!

—Men mamma, jag skyddar mig med plåster och det är inget problem! Jag går tre dagar till, så har jag gått femton, så som jag har pratat med min kollega!

—Ingen "femton"! Du går inte alls! Att jag inte märkte tidigare! Då hade du inte gått ens tio dagar. När vi har ätit klart skall jag

behandla dig med salva och där det är svullet tvättar vi med sårtvätt Rivanol! Elaur, orolig han också nu för hur sina fingrar såg ut, hade förstått att det inte var värt att insistera, utan han var glad, i stället, att han hade bra böcker att läsa.

Nästa dag vaknade han kring nioslaget, helst för att tömma blåsan i latrinen som befann sig på bakgården, sedan sov han en timme till. När han vaknade för andra gången, latade han sig någon kvartstimme i sängen, kanske också på grund av det gråa vädret utanför och när han hade studerat bandaget, gulnat av Rivanol, lade han på nytt små bitar av plåster.

Himlen, övertäckt av moln och den svaga vinden som kom från söder, gjorde att luften kunde andas in så mycket lättare än de föregående dagarna. Han kom ut på gården och när han såg sin pappa göra trådnät, gick han närmare honom:

—God morgon, pappa, du leve! Hur går ditt arbete?

—Om jag spinner veven, så går det. Om jag stannar, stannar det också, skojade Tramian, med en skälmsk blick.

Elaur betraktade honom en stund som han spann i veven och tråden, profilerad som en lamell som roterade i stålcylindern, kom ut som en sinuskurva, fortsatte att rotera och gick igenom alla ögon som den föregående tråden hade format.

Tramian arbetade, sedan två år tillbaka, på den nya Cellulosa-och pappersfabriken, med halm som råvara, fabrik som var bygd endast sex-sju år tidigare av engelsmännen som hade befunnits i Staden i nästan tre år. De imponerade stadsinvånarna med deras skicklighet, men också med fyllerierna de ställde till med på lördagskvällarna. Innan engelsmännen kom till Staden, hade ingenjörer, tekniker och arbetare, men också deras familjer, totalt ungefär hundra personer, byggt särskilt för dem, de första två höghusen i Staden och det hade gjorts i ordning Engelska Klubben, i den byggnaden som hade fungerat, en gång i tiden, som Stadens Casino.

Från fabriken köpte Tramian, till billigare pris, tråden som var kvar från de stora paketen med halm, bortskuren innan halmen gick in till hackmaskinen och han använde den för att göra nät. Med stor svårighet introducerade han en bit stål i taget för varje bit av nätet. Elaur hade sett hos Lefans pappa, som också han hade maskin för att göra nät, att tråden var tagen direkt från en rulle köpt från handeln och att han behövde bara klippa med en tång, då raden var färdig

Imponerad av sina föräldrars uppfinningsrikedom att hitta nya och nya inkomstmöjligheter, sade Elaur till sin pappa:

—Det skulle gå bra fortare om du använde tråd från en rulle!

—Det har du rätt i, men ser du! Jag köper tråden fyra gånger billigare än om jag köpte en rulle! Jag säljer nätet billigare och då tjänar jag bättre!

Elaur frågade sin pappa om han ville äta med honom bröd, ost och tomater och hans pappa sade:

—Plocka många tomater och skölj dem, jag kommer.

Lägg märke till att vissa tomater har en blå tråd bundet runt dem. Dem ska du inte plocka, inte ens röra så de inte rivs av från stammen! Under tiden han plockade tomaterna i en korg med högt handtag, kom hans pappa också och medan Elaur sköljde tomaterna, tvättade sig pappan också, med lite tvättmedel för att avlägsna det svarta och oljiga från händerna.

—Vad gör du med dem här tomaterna, bundna med blå tråd? De är störst och mest mogna!

—Därför har jag ju sparat dem! Vi låter dem mogna tills de själva ramlar ner, sedan tar jag fröna från dem och torkar dem. Jag vill plantera fler tomater till våren, så att vi gör tomater både för oss själva, och till försäljning.

—Du äter inte ost? Frågade Elaur, när han såg att pappan bara åt bröd och tomater.

—Idag är det fredag, pojken min. Jag hinner äta ost också! Elaur svalde sina ord, betraktade pappans grova och skrumpna händer, spruckna av arbete, han tittade sedan på sina egna händer, när pappa sade:

—Arbetet är hårt, min son! Titta! Därför måste du studera och studera! Att du gick till bruket gör dig gott på ett sätt! Du lär dig att respektera arbetet och, om du någonsin blir chef, då kommer du att kunna uppskatta också det enkla arbetet, för att ett land inte stödjer sig endast på ingenjörer, läkare och lärare!

När de hade ätit, lockad av det sköna vädret, tog Elaur en filt samt boken som han hade påbörjat kvällen innan och gick mot fältet i närheten, där det började den Stora Flodens damm. Och så var det, på den fem-sex meter höga stranden kändes den kyliga vinden som skönast, så han lade sin filt och fördjupade sig i läsning.

Det hade gått mer än två timmar när han märkte att han inte var ensam längre. På dryga tjugo meters avstånd, satt en man med ännu svart skägg, men med axellångt, halvt gråhårigt hår, med knäna under sig och tittade någonstans bort mot horisonten, mot kullarna bortåt floden.

Han föreföll som en person nedfallen från historieboken, då långhåriga män och dessutom med tjockt skägg var extremt sällsynta, kanske också för att de inte var omtyckta av den Nya Myndigheten.

Elaur kunde inte avstå frestelsen att närma sig, för att kunna se honom på närmare avstånd, i synnerhet för att den främmande mannen, som han aldrig hade sett förut, verkade inte se honom, utan satt orörlig som en staty.

Han började gå mot honom och lade sin filt omkring tio meter från honom. Då och då, lyfte han ögonen från boken, tittade i smyg mot mannen som satt orörlig och verkade hålla ögonen slutna. Först när han hostade försiktigt, vände mannen sakta huvudet mot honom, fortsättningsvis med slutna ögon, för att meddetsamma vända tillbaka huvudet.

Hans slutna ögon intrigerade Elaur ännu mer, han kämpade med den galna nyfikenheten och önskan av att närma sig, men också en odefinierad rädsla mitt emot denna man, rätt stor och så

egendomlig. Han tog till sig mod och avlägsnande sig lite från den abrupta slutningen, gick ner i en grop, inte djupare än två meter, i form av kroppen av en kon med diametern på omkring tio meter. Den gropen hade de kallat "Modets glob", för att de kom hit med cyklarna och gjorde cirkulära turer på gropens vägg, med en lutning på mer än trettio grader, utan att ramla, även om cykeln var mycket lutad mot gropens centrum.

Mycket försiktigt, gick han ut ur gropen, närmade sig till mindre än tre meter till vänster och lite bakom honom. Den främmande mannen gjorde ingen rörelse och de båda blev kvar, under närmare en minut, som två levande statyer. Elaur roterade ögonen och studerande vilken väg han skulle kunna springa om mannen visade sig vara hotande. Lätt ryckte han till, när mannen sade honom, med en mild, lugnande röst:

—Vill du prata?

Elaur tvekade en sekund och svarade honom ganska försiktig:

—Ja! Jag tycker mycket om att prata med människor! Jag har alltid något att lära mig!

—Var inte rädd för mig! Jag håller inte ögonen slutna, jag är född sådan! Jag är blind från födelsen! Jag bor där, mitt-emot den här platsen, i min mosters hus, som har dött. Kom och sätt dig här på gräset, intill mig! Mitt namn är Tinu! Elaur fattade mod och gick närmare och satte sig till vänster om den främmande mannen och presenterade sig, han med:

—Jag heter Elaur! Har någon hjälpt er att ta er ända hit?

—Jag har den här pinnen med vilken jag känner vägen framför mig! Det här är den fjärde dagen som jag kommer hit. Jag har lärt mig vägen redan! Tala om för mig, den här kanten, hur hög är den? Min pinne kan inte hjälpa mig för en sådan sak!

—Den är ungefär sex meter och nästan vertikal! Ni ska inte komma för nära!

Mannen rörde sakta på huvudet uppåt och neråt och svarade:

—Tack för att du oroar dig för mig!

Efter en minut, under vilken Elaur studerade honom kontinuerligt, sade mannen:

—Var inte rädd för mig! Nu, eftersom du har kunnat titta på mig, så skulle jag vilja titta på dig, jag med! Var inte rädd! Jag har inte gjort och jag gör ingen illa! Ge mig höger hand, och vänstra handen lägger du på hjärtat, är du snäll!

Elaur vred sig lite mot honom, tog den där positionen, som tycktes honom, på samma gång, konstig och högtidligt. Hans handflata försvann mellan mannens stora och varma handflator, hans sammetslena hud passerade över varenda millimeter av hans handflatas hud. De stannade i den där positionen, mer än två minuter, tills Elaur kände att all rädsla var borta och han kände ett nästan totalt lugn. Nästan viskande, sade den blinda mannen till honom:

—Elaur, du måste vara rädd om dig! Din mammas hjärta är hela tiden med dig. Jag känner att hennes tårars källa är nästan torkad. Hon har förlorat ett barn, inte sant?

Utan att vänta på pojkens bekräftelse, fortsatte han, med samma varma, nästan hemliga röst:

—Om du också går förlorad, kommer inte hennes hjärta att stå ut! Du måste veta! Och i synnerhet, får du inte glömma! Nu vill jag att du skall tänka att människan kan vara en otrolig stark varelse, men likaså kan hennes liv vara som en rökelse, ena stunden finns hon, och bara du blinkar tre gånger, kan en liten vindpust få henne att försvinna!

Efter en tid i tystnad, imponerad och litet skrämd av mannens ord, som hade mycket rätt i vad mamman beträffade, sade han:

—Tack så hjärtligt för vad ni sade till mig! Nu måste jag gå! Vill ni ha hjälp att komma hem?

—Jag kan gå själv. Även om det inte verkar så, känner jag att regnet är på väg och jag måste också gå! Vi kan gå tillsammans till min grind. Det finns några busungar som stör mig varje gång.

Elaur gick för att ta sin bok och filten och när han kom tillbaka tog han lätt mannens vänstra hand. Mannen hade rest sig och båda började gå mot vägen på det tomma områdets kant, som gick ner till vattnet åt vänster och till höger möte parallellgatan med hans gata och bortom dessa – huset där Tinu bodde.

—Ser du, Elaur, vilken konstig människa jag är! Jag ser saker som ni inte ser, men jag ser inte vart jag går!

Jag är inte ledsen på någon, men de i din ålder eller yngre, antingen undviker de mig eller så gör de narr av mig! Du kommer att se det meddetsamma!

Han hade knappt slutat prata, när, efter första gatuhörnet rusade fram tre pojkar, fem-sex år yngre än Elaur, och började gå runt dem, sjungande i kör:

—Galna-Tinu, galna-Tinu, gaaaalna-Tiinuuu…!

—Jag kan ju inte göra något! Det är inte deras fel! Om deras föräldrar tillåter, vad kan jag göra? Elaur gick efter dem ända till ingången till en gård. Han kom tillbaka och sade:

—Herr Tinu, ni skall inte ge dem någon uppmärksamhet! Jag känner pappan till två av dem, jag ska prata med honom. Hoppas att han lugnar ner dem. Annars lugnar jag ner dem med några sparkar i baken! Jag lovar att de inte kommer att göra narr av er någon mer gång!

—Tack så hjärtligt! Gå till dina saker! Om de inte vänjer sig vid mig, då ska jag vänja mig vid dem!

Elaur hälsade honom respektfullt och började gå hemåt. Tinus hus var positionerat någorlunda diagonalt gentemot deras och Elaur visste att från den punkten hade han lika långt att gå oavsett om han vände sig mot Kvarngatan eller om han tog parallellgatan. Han valde andra varianten för att passera gården där de tre pojkarna som terroriserade Tinu, hade tagit till flykt.

Elaur, som misstänkte att de var ensamma hemma, stannade vid grinden och medan han låtsades att han öppnade låset på insidan, sade han till dem:

—Hör på, era odågor! Om ni så mycket som pratar med Herr Tinu någon mer gång, bryter jag era ben!

När de, skrämda, hade flytt in i huset, gick Elaur vidare. Han gick mer sakta än vanligt, fundersam på det konstiga sättet på vilket Tinu hade "betraktat" honom, men även på allt han hade sagt, varav några saker som han ju inte kunde veta någonstans ifrån.

Som varje år i början på hösten var marknaden barnens huvudglädje, ett bra tillfälle för nöje för de unga samtidigt som den viktigaste tiden för deras föräldrar att göra sina inköp. Alla såg fram emot marknaden. Dennes tradition var nära tvåhundrafemtio år gammal och denna egenskap av årlig högtid efterlängtad av alla traktens människor hade helgat, bland invånarna, ett intressant solidaritetsuttryck med anor från gamla tider. Så, när den som utan något särskilt intresse hjälpte en kompis eller en granne och fick frågan om vad tjänsten kostade i stället för "det kostar ingenting" svarade vederbörande nästan oföränderligt: "en öl på marknaden".

KAPITEL 10

Som varje år i början på hösten var marknaden barnens huvudglädje, ett bra tillfälle för nöje för de unga, samtidigt som den viktigaste tiden för deras föräldrar att göra sina inköp. Alla såg framemot marknaden. Dennes tradition var nära tvåhundrafemtio år gammal och denna egenskap av årlig högtid efterlängtad av alla traktens människor hade helgat, bland invånarna, ett intressant solidaritetsuttryck med anor från gamla tider. Så, när den som utan något särskilt intresse hjälpte en kompis eller en granne och fick frågan om vad tjänsten kostade, i stället för "det kostar ingenting" svarade vederbörande nästan oföränderligt: "en öl på marknaden". Unga eller mindre unga finklädda människorna kom till marknaden minst tre-fyra gånger mellan första och åttonde september. De mest fullspäckade dagarna var söndagarna och klimaxdagen, det vill säga marknadens sista dag, var den 8: e september.

Trots allt bus under hela året då de hotades av föräldrarna "det blir ingen marknad i år" blev de små förlåtna varje år och en eller båda föräldrarna, eller även en äldre bror eller syster, gick med dem hand i hand till marknaden för att njuta av små hästar, små båtar och små gungor med kedjor men också för den efterlängtade sockervadden, vaniljmunkar eller konstnärliga klubbor. Trötta och lyckliga återvände de små från marknaden med hattar på huvudet och blåsande i högljudda tutor, båda gjorda av samma färgade pappkartong. På kvällen somnade de tidigt och drömde att de flög över Staden på ryggen av små förtrollade hästar.

De som var intresserade att handla andra olika saker kom också till marknaden under dagen. Därifrån kunde hemmafruarna skaffa, bortsett från kläder och skor, en del frukter som var svårare att hitta på slättlandet, päron för att göra kompott, plommon för marmelad och äpplen för de välkända äppelpajerna. Också på marknaden köpte de vitlöksflätor för vintern och olika köksgeråd från sikt till gryta eller gjutjärnskittel, från träbalja för degknådningen till träslevar och färgglada keramiska kärl.

Männen i sin tur valde, också från hantverkarna "från bergen", den ene ett större träkärl för surkålen, en annan en ny vintunna eller en träbadbalja som också var en badbalja men urgröpt i en tjockare trädstam. På senare år sedan de inte hade kvar sina hästvagnar använde sig miravedaborna av den populära cykeln, för transporten av köpta varor som var tunga eller stora. Man kunde hänga på den vid behov en tvåhjulsvagn med lång dragstång i metall.

På söndagen och på avslutningsdagen, från klockan nio-tio på förmiddag, var det rena karnevalen på det tre tillfartsvägarna in till Staden då alla dessa hästkärror tog sig till marknaden. De kom från alla byarna runt Staden, både de i närheten och även från 20–25 km avstånd. De var vackert utsmyckade med färgglada girlander och de flesta passerade just genom Miraveda där barnen kom ut till stora vägen speciellt för att se dem. Hästarna var rengjorda och ny ryktade och deras manar och även svansar var flätade med guld-eller silverfärgade band. De verkade direkt nedstigna från sagor med prinsar och prinsessor. Även ljudbakgrunden var speciell. Hästarnas tömmar var pyntade med pärlor och små mässingsklockor i olika storlekar som beroende på hur mjuka eller häftiga hästarnas rörelse var, förde små glädjesymfonier och spred en riktig festlig atmosfär. Byborna, självbelåtna, finklädda och uppställda på två-tre rader i kärrorna var jättestolta över sina hästar och sina ekipage men också över den föreställningen som erbjöds alla som stannade vid vägkanten för att titta på dem.

Tonåringar och unga men också deras föräldrar gick dit för nöjesaktiviteterna som marknaden ordnade efter kvällens infall då de allra flesta byborna redan hade återvänt till sina byar som var utspridda upp-eller nerför Stora Floden men även andra byar förlorade i myriaden av sådana norr om floden.

Först då kunde den riktiga glädjen börja, de tre-fyra stora kedjorna utsmyckade med färgglada glödlampor snurrade i en svindlande fart och drog till sig allas blickar. De skapade en sorts nästan total hänförelse. Till denna intensitet av stämningen bidrog även karusellerna lika färgglatt upplysta men också de kringvandrande cirkusarna, restaurangterrassernas och marknadsståndens girlander av lampor som skapade ett hav av ljus. Alla som var där förtrollades av det och kunde glömma alla sina bekymmer.

Av pengarna ihoptjänade av Laur under sommarlovet gick en del till kläder och skor men han sparade alltid en del för marknaden där han visade sig stolt framför kompisarna med pengar som han tjänat ihop själv.

Nu var marknadens tid förbi, efter ännu en vecka hade han börjat åttonde klass med samma glädje och otålighet som alla de senaste åren. Han kände att det var hans enda chans att förverkliga sina mest hemliga ambitioner. Han drömde, som varje elev förälskad i litteraturen, att kunna bli en berömd författare, respekterad och älskad som föräldrarna och lärarna men även miravedaborna skulle vara stolta över. Det var hans hemliga dröm som han aldrig hade pratat med någon om men som stärkte hans ambition ännu mer och som skyddade honom mot att ge upp och mot förbjudna frestelser.

Mer optimistisk och säkrare än någonsin, kunde han inte veta vilken stor utmaning väntade honom i åttonde klass, vilka inre stormar som skulle plåga honom och sätta honom i ständig konfrontation med sig själv.

Redan på första skoldagen såg han en flicka från 8 C som han kände och kunde inte låta bli att fråga henne om förnamnet på hennes klasskompis som han hade träffat i brödbutiken. Han talade om hennes efternamn för det kunde han.

—Aha..., sa hon skakande på huvudet, fågelungen har flugit bort, sa hon också med ett gåtfullt leende.

—Vad då för fågelunge? Jag förstår ingenting.

—Uca, eller hur? Det är hon som du frågar om. Du kan nog inte glömma henne, hon har ju blommat upp denna sommar. Är det så, då tycker jag synd om ditt lilla hjärta men jag tror inte du har hört den häftigaste nyheten!

—Vänta nu, gör mig inte så förvirrad! Vaddå, lilla hjärta och vad då för nyhet?

—Jaha, kära du, då ska du få veta att Uca har gått och GIFT sig!

Elaur tittade fundersam på henne några ögonblick och frågade henne lätt vilsen:

—Kom igen, tjejen! Gör du narr av mig? Hur då, gift sig?!

—Precis som du hörde. Hon är gift sedan tre dagar. Hon rymde med en traktorförare, men jag tror att hennes mamma tvingade henne. Den där traktorföraren är tjugosju år, tretton år äldre än henne, men han har eget hus i Miraveda och ganska gott om pengar. En dag innan träffade jag henne och det syntes på långt håll att hon var ledsen och hade gråtit men hon ville inte berätta något för mig! Jag tror att det var därför hennes mamma följde och vaktade henne hela sommaren. Vad ska man säga? Alla vet att hennes mamma inte har något jobb, bara lite dagarbete på Farmen och hennes pappa har gett sig ut i vida världen för mer än tre år sedan och lämnat dem båda till ödets nycker.

Två flickor till dök upp nyfikna att få veta vad deras klasskompis pratade om med killen från A, men då sa Elaur hej då och gick mot sin klass. Han ansträngde sig att se likgiltig ut fast han var helt förvirrad. Händelsen i brödbutiken fick nu en ny och oväntad innebörd. Han förstod att han hade, lite för lätt, dömt Uca medan han gjorde sig en mängd galna planer. Han försökte förstå hennes attityd. Han visste inte om hon hade hoppats på något speciellt ifrån honom eller hon avnjöt ett litet och rebelliskt nöje genom att, på detta sätt, hämnas på sin mamma och kanske även på honom, pojken som aldrig hade haft ögon för henne men hade kommit i hennes väg nu i den tolfte timmen.

Han tänkte på hennes normala önskan att göra sitt eget val, besegrad av mammans beräkningar, men också på galenskapen i den syndiga njutningen, som en efemär revolt och ett försök att bevisa för sig själv att hon kunde förföra även en jämnårig pojke.

Han kände hur hans värld förändrades mer och mer och mycket fortare och gav honom så många nya situationer och nya känslor men också så många tråkiga överraskningar. Han såg sig runt omkring sig mera uppmärksam och försökte förstå reglerna som styrde så många olika saker som hans logik missade och han var så oförberedd. Mest försökte han förstå varifrån kom Codrus starka hat och ursinne mot honom, varför Letas familj hade flyttat så brådskande på landet och hur kom det sig att det var just han som hade träffat den djärva men olyckliga Uca precis strax före hennes påtvingade giftermål.

Ovanpå allt detta kunde han inte släppa tanken på en diskussion han hade haft med sin pappa. Den hade varit full av respekt, det var han skyldig sin pappa, men den hade för första gången skapat en spricka mellan dem.

Efter att ha fått veta från Martias bror, som hade varit och hälsat på dem, att Elaur uppfyllde alla villkor för att komma in på Militärgymnasiet då han hade mycket bra avgångsbetyg och den fysiska konditionen som behövdes för att klara de fysiska uttagningsproverna, hade hans pappa visat sig entusiastisk över de erbjudna villkoren ifall han skulle klara allt. Han kunde redan se Elaur i den imponerande uniformen för militärelever.

—Vad säger du min son, skulle du gilla att bli militär?

—Man måste tycka om det här yrket, sa Elaur försiktigt, jag vet inte riktigt vad det innebär.

—Hur då min son? Skulle det vara illa att vara officer? Säkert jobb, mycket bra lön och kläder från staten!

—Pappa, det kanske är bra, jag säger inte nej men jag måste tänka, ta reda på vad det innebär.

Han var nära att säga att han ville gå på Teoretiska gymnasiet nr 2, det som befann sig vid utkanten av staden, 3 minuter från Miraveda.

—Din morbror berättade att om du skulle komma in på Militärgymnasiet och plugga ordentligt kommer du automatiskt in på Officersskolan. Tänk, är det så illa att studera 7 år på statens pengar? Mat, boende och kläder garanterade. Dessutom när du är färdig så har du redan en lön, och en bra lön, inte som min. Elaur kände på sig att det inte är den bästa stunden för att fortsätta diskussionen och han tog sig en respit:

—Ok, pappa. Jag ska tänka seriöst på det. Jag har gott om tid.

Han mindes rådet från sin mamma, "när du vill något säg det till mig för om du säger det till din pappa och han hinner säga nej har t o m jag svårt att vända honom. Du säger till mig det du vill och jag preparerar din far". Efter att ha sagt till sin mamma att han vill gå gymnasiet för allmänbildning och sedan göra inträdesprovet till högskolan hade hans far fått tag på honom ensam ett par dagar senare:

—Jag förstod av din mamma att du vill gå till Allmänbildningen. Om du vill gå här i staden, varför väljer du åtminstone inte det ekonomiska gymnasiet. Därifrån blir du ekonom, från allmänbildningen vad blir du? När inte hans mamma var med ville inte Elaur fortsätta, men hans pappa glodde intensivt på honom och väntade svar på frågan.

—Efter gymnasiet kommer jag att göra inträdesprovet till högskolan, i huvudstaden.

—Min son, tror du att vem som helst lyckas komma in på högskolan? Det är de "tungas" barn som kommer in dit. Jag har till och med hört att en del betalar mycket pengar för att komma in. Som du vill! Du bestämde tillsammans med din mamma, henne ska du be om pengar i fortsättningen.

Elaur teg. Han tänkte att han måste prata med sin mamma igen men kände att det kommer att bli kämpigt med sin pappa.

Efter tre-fyra dagar till, en kväll när han kom från staden gick han in i huset utan att göra oväsen och man hörde honom inte. I deras sovrum hade hans föräldrar en motstridig diskussion. Han hörde sin pappa säga:

—Det är bara du som uppmuntrat Elaur med det där allmänbildningsgymnasiet! Fyra år att gå på gymnasium! Låt oss säga att han kommer in på högskolan, 4 eller 5 år till. Det blir 8–9 år. Har du funderat hur vi försörjer honom under alla dessa år? Och så har vi även Minela att ta hand om.

—Kom igen, älskling! Gud är god, han kommer inte att överge oss, svarade Martia.

Elaur hade hört förr att hans föräldrar kallar varandra för "älskling" men inte i barnens närvaro. Han tog det som ett bra tecken, de bråkade inte på grund av honom. Tramian fortsatte:

—Snart kommer också Alenas bröllop. Du vet själv vad ett bröllop innebär för flickans familj. Det kostar en massa pengar. Pengarna som hade fåtts i present från bröllopsgästerna brukar tas, efter bröllopen, av brudgummens far. Om han vill ge lite till brudparet är det bra, om inte skyller han på att han måste ha dem för det som det kostat honom. Och så blir det ändå vi som ska hjälpa dem.

—Du har också rätt, jag kan inte säga annat. Men Gud är stor och hjälper oss. Det här yrket med tapeten, vem har gett mig det, om inte Gud? Han gav mig idén att börja med tapeten och han har också lärt mig hur man gör.

—Vi får se hur det går. Du har precis börjat. Hoppas att du inte behöver gå tillbaka till att mura hus med jord. Du får inte göra det mer! Du förstörde din hälsa och skaffade dig reumatism.

—Kolla, nästa vecka är jag bokad att sätta tapet i två rum till. Det är på gång att bli modernt. Sakta men säkert får jag fler kunder.

—Ok min älskling, men du får inte jobba så du förstör dig själv. Det gör mig ont i själen att se dig så trött. Barnen har sina önskningar men vi har våra.

—Om jag så måste äta jorden under mina fötter och ska jag försörja Elaur under gymnasiet och högskolan. Hur många föräldrar skulle inte drömma om att ha en son som han. Han är min tillfredsställelse och min stolthet.

Elaur, som stod i hallens ände och hörde, fick tårar i ögonen och med en klump i halsen väntade han några sekunder och sedan stängde han dörren med buller och tände ljuset i hallen.

—Elaur, är det du, vännen? Kolla i köket, jag lämnade mat till dig. Gå inte och lägg dig utan att äta!

Han harklade sig och svarade ett "ok, mamma" med en röst som ändå blev kvävd av hur rörd han var. Han gick till sitt rum, tände ljuset och satte sig till skrivbordet där han vanligtvis gjorde sina läxor, satte armbågarna på bordet och kinderna i händerna. Han satt så i flera minuter och för första gången förstod han även pappas oro.

Han tänkte till och med att det kanske vore bättre att följa pappas råd och gå till militärgymnasiet när han hörde en dörrknackning och Martias röst:

—Får jag komma in?

Efter hans "ja", kom Martia in i rummet. Elaur tog omedelbart en bok från bordet och låtsades läsa.

—Kom, jag dukar till dig så du äter, med allt läsande glömmer du till och med att äta.

De gick tillsammans ut i vinterköket och Martia tog en kökshandduk och en mindre tallrik som hade legat som lock över tallriken med kycklingpilaff. Hon hade kommit för att försäkra sig att Elaur skulle äta pilaffen som var gjord speciellt för honom men också för att prata med varandra.

—Det vore kanske bättre att gå till militärgymnasiet.

—Sluta upp med det där militärgymnasiet! Du går dit du vill gå. Jag vill faktiskt ha dig här i staden, nära mig. Jag vet att det skulle vara lättare för din pappa att låta staten betala dina studier men jag, din mamma, tillåter inte att du gör militärtjänst i 7 år för det. Och sedan resten av livet och lyda order? Jag har sett detta hos min bror.

Elaur tittade upp från tallriken, såg hans mammas ögon glänsa och tittade på hennes röda händer, torra från kalken hon jobbade med, med nävarna stängda som inte lämnade rum för medömkan och kände sig som ett litet barn framför berget av stark vilja som satt framför honom. Martia tittade på honom medan han åt och omslöt honom i sin kärlek. Hon la alltid till kärleken till Nion, hennes förstfödde.

—Jag träffade fru Parvu framför vårdcentralen vid busshållplatsen, läraren i matematik. Hon sa att du gör rätt i att gå till Gymnasiet nr 2, där finns de bästa lärarna. Hon berömde dig jättemycket där framför alla människor på busshållplatsen och så sa hon att du kommer att komma in på gymnasiet med högt betyg och att du kommer att lyckas med högskolan också. Jag gick därifrån så lycklig! Ingen kunde vara så lycklig som jag! Jag kommer inte ens ihåg vilken väg jag tog hem.

För några månader sedan hade Martia hittat något nytt och lovande att tjäna pengar på, som var så nödvändiga för hennes ambitioner att hjälpa sina barn så mycket som möjligt. Någon gång i slutet av våren hade hon varit med Tramian i ett kloster i huvudstaden för att be till ett helgon som för många år sen hade varit munk just i det klostret. Då passade hon på och hälsade på en moster som bodde i utkanten av huvudstaden. Moster höll just på att tapetsera sitt hus, litet men iordninggjort, bestående av tre rum och en hall samt ett kök som hade byggts senare med tillgång till de andra från samma hall. Medan hon stod och betraktade kvinnan som målade väggarna i ett vackert mönster i ena rummet tänkte hon att det inte kunde vara så svårt att även hon skulle kunna klara jobbet med den där mallen. Väggarna var målade i en ljusgrön färg och kvinnan hade två mallar, cirka 60 cm breda och 90 cm höga, en för den gröna färgen och en för den vita.

Genom att måla över, med en pensel som hon doppade i en liten bägare med grön färg, över den urklippta mallen, blev det några små segment bestående av små grenar och löv. Sedan flyttade hon på mallen till höger, men också neråt tills hon täckte hela väggen. När hon var färdig med alla fyra väggar med den gröna färgen tog hon en bricka, la i lite vit oxid som hon spädde med lite mjölk och tog den andra mallen. Hon fixerade den på väggen enligt en del punkter som hon hade från den andra mallen och med penseln för vit färg började hon applicera några vita blommor som gick perfekt ihop med de gröna små grenarna och löven och så täcktes väggen med ett tvåfärgat täcke.

— Du vill nog stjäla mitt yrke så uppmärksamt som du tittar på mig, sa den främmande kvinna. Martia log lite generad.

— Jag bor i Miraveda, mer än 100 km härifrån, men jag skulle väldigt gärna göra sådan tapet hemma.

Kvinnan log försonande och sa:

—Jag har inte tillräckligt många händer för så mycket som jag har att göra här i trakterna. Jag tror att här i Huvudstaden finns plats för 10 som jag och det skulle ändå inte räcka.

—De här mallarna, finns de att köpas? Var får du dem ifrån?

Martia blev lite modigare och tog en burk med röd järnoxid och studerade den närmare.

—Jag vet inte, jag har dem från en gammal målare. De har inte kostat mig något. Om du vill kan jag rita dem till dig på några pappkartonger och du klipper ut dem själv. Precis så gör jag när jag behöver nya, när de här går sönder. Jag har tre mallar, om du verkligen vill ha dem behöver du köpa 6 små pappskivor från bokhandeln.

Ombedd av Martia tog Tramian deras farbrors cykel och inom 20 minuter kom han tillbaka med 6 pappblad av den tunnare sorten 60 x 85 cm. På dem tryckte den snälla kvinnan med grön färg de tre tapetsmallarna, två av varje.

—När du har klippt ut dem med ett rakblad ska du måla dem på båda sidorna två dagar i rad med oljefärg så de inte går sönder. Kolla nog, det finns några punkter i hörnen som

hjälper dig att sätta ihop dem. De här 3 är för vitt och deras motsvarigheter gör du som du vill med, grönt, vinrött eller blått. Du gör väggen i samma färg men lite ljusare genom att blanda oxid i kalken i färgen du väljer. Tänk på att oxiden måste spädas bara med mjölk så den inte tas bort från väggen. Martia tog fram lite pengar för att ersätta kvinnan men kvinnan ville inte ta emot det. Då kramade Martia henne med värme och pussade henne på båda kinderna:

—Gud välsigne dig och din själ, kära du, sa Martia.

Tillbaka till Miraveda vitkalkade hon Elaus rum fyra gånger. Hon satte mallarna på väggarna, en modell på varje vägg, strök sedan på dem krämfärgad kalk och sedan om och om igen tills hon lärt sig inte bara hemligheten i målningen men också hur mycket man skulle doppa penseln i oxiden för att inte spilla under mallen.

Tramian, rörd och imponerad av Martias vilja och skicklighet satt inte bara där och slöade. Av ett skrivboksomslag i vinyl, hade han klippt ut en bit på 20 x 7 cm och med samma rakblad klippte han ut en liten mall som hjälp för raka linjer precis som den han hade sett hos kvinnan i Huvudstaden. Även han, mycket uppmärksam till allt som han hade sett hos kvinnan som hade gett dem mallarna, tog en bomullstråd, doppade den i det röda färgämnet och sträckte den mellan två punkter med Martias hjälp. Sedan nöp han den väl sträckta tråden så att färgen från den gick över till väggen i form av ett tunt och perfekt rakt streck. Längs detta tunna streck drog han med hjälp av mallen för linjer och en liten pensel doppad i det mjölkspädda färgämnet den önskade linjen över hela väggen.

När hon hade lärt sig arbetet grundligt, gjorde Martia alla tre målerimodellerna i tre olika rum för att ha dem som uppvisning som hon brukade säga och för att presentera dem för de intresserade. Tramian hade dragit linjerna 15 cm nedanför taket och 5 cm vid hörnen. I slutet, trötta och smutsiga om händerna, om kläderna och om ansiktena, tittade de förtjusta på resultatet, tittade på varandra fulla av förtrolighet och gjorde korstecknet i tacksamhet mot himmelen för det nya yrket de lärt sig.

KAPITEL 11

Elaur hade hört ifrån sina äldre grannar om inträdesprovet till gymnasiet som började med två skriftliga prov, matematik och litteratur följda av tre muntliga prov till samma ämnen plus fosterlandets historia. Han var ganska optimistisk speciellt att han hade pratat med Elu, hans granne som gick sista året just på det gymnasiet han ville komma in på.

—Så vitt jag vet har du inga problem med matematiken och litteraturen. Om du pluggar lite historia kan du komma in bland dem på första hälften av listan.

Elaur hade hört att varje år var det 3 sökande som kämpade för varje plats för att komma in och även om han tyckte att historia är fängslande var han ändå lite osäker på grund av sitt blygsamma sifferminne. Han var rädd att han inte skulle komma ihåg de otaliga datum för de historiska händelserna.

Han hade i stället ett bra minne för fakta och situationer. Han kunde återge olika händelser eller saker han hade läst med sådana detaljer som de flesta andra kanske inte ens hade lagt märke till, ännu mindre kom ihåg dem. Lika lätt var det att samtalspartners ansikten ingöts i hans sinne speciellt de som, av en eller annan anledning intresserade honom, att han många år senare kunde återskapa dem i minnet.

Så som den blinde utvecklar de andra sinnena hade Elaur utvecklat förmågan att göra snabba kalkyler, även mentalt, men om man några timmar senare frågade honom om resultatet föredrog han att göra om kalkylen i huvudet än att komma ihåg det.

För att behålla i minnet vissa tal hade han upptäckt en smart metod: att associera talen med ord i en liten mening där varje ord bestod av så många bokstäver som det ersatta talet.

Bortom de små oroligheterna angående den första tentamen i hans liv, i åttonde klass hade en riktig storm startats i hans huvud och själ av biologimanualen. Han hade läst hela boken redan de första skolveckorna, till och med läst om visa sidor med mycket intresse. Dessutom han hade skaffat sig en mer omfattande biologibok, den för fjärde gymnasieklassen där läsningen om arternas variabilitet, om arv och naturligt urval och grunderna för evolutionsteorin, framkallade i honom oanade uppenbarelser men också skuldkänslor då han kände att lite i taget gled han in i en annan värld än den han hade vuxit upp i.

Från den enkla världen skapad av Gud på sju dagar, där linjen som markerade gränsen mellan det goda och det onda var mycket tydlig, passerade han nu in i en ny värld med många frågor och mycket tvivel. Sannerligen, fanns det även svar, men om en del av dem var tillfredsställande var andra snarare inkompletta eller till och med motsägelsefulla. Detta lyckades inte bara förvirra honom men också ge honom plågsamma inre grubblerier.

Han hade fått en religiös uppfostran ganska mycket tillämpad men uppriktig och mild så att de första sju skolåren hade aldrig varit något problem i att följa hans pappas vidhållande uppmaning att ha sin tro för sig själv utan att prata med andra så mycket om det.

Guds förnekande upplevdes av Elaur som en kapital synd. Han skulle inte våga ens i en flygande tanke motsäga sig den tron han hade vuxit upp i. Ännu värre, han kände att även hans önskan att förstå det som står i biologiböckerna och frågorna han ställde sig själv ibland, även om de inte motbevisade gudomlighetens existens, fortfarande utgjorde oförlåtliga synder.

Djävulen frestar dig, i synnerhet, genom orena önskningar och tankar. I sin stora listighet kan han ändra även vetenskapens utseende för att sedan kunna använda det till människors avsteg från den rätta vägen, hade Tramian sagt en gång.

Hans pappa hade efter många och fördjupade religiösa läsningar förvärvat sig en viss jargong så alla som visste att han hade gått i skolan i bara fyra år blev förvånade av både den förmedlade informationen och flytet i sitt anförande.

— Lärarna, de flesta av rädslan att inte förlora sina jobb, och andra drabbade av djävulens påverkan, lastar på er alla möjliga lögner för att övertyga er om en stor nonsens som det att människan skulle härstamma från apor och att hon inte skulle vara Guds Perfekta Arbete. De skrattar nu åt de heliga sakerna men de kommer att svara för det på domedagen.

Elaur, som var färdig med matteläxan, lyssnade uppmärksam på hans far som just hade stängt Bibeln. Han försökte förstå om det var helt av en slump att hans far sa sådant som rörde hans stora inre grubblande eller var det speciellt tänkt då fadern hade känt hans plågsamma oro. Han svarade inte, han visste att pappan inte väntade sig det heller men han njöt av den lugna tonen och den oväntade nivån sakerna höjde sig till. Tramian hade på något sätt känt eller till och med blivit varnat av prästen över faran som fanns i Elaurs böcker så han tittade i sin sons ögon medan han väntade av honom bara uppmärksamhet och god tro, absolut inte några tvingade bekräftelser eller falska föredrag.

Elaur lyckades kväva konflikten som hade uppstått i sitt inre under några veckor genom att lägga all tid på böckerna som skulle gås genom inför inträdestentan och med många mattetal från en mattesamling som han hade köpt just för det. Två av de böckerna hade han lånat från skolans bibliotek och när han hade gått för att lämna tillbaka dem hade han träffat Lexia som han inte hade sett mer än ett par gånger på långt avstånd och hon hade försvunnit ganska snabbt.

Som vanligt var hon klädd på ett visst sätt, hon bar en klänning i en blek nyans av rosa med puffärmar i vinrött med ett brett skärp i samma färg som ärmarna, knuten i en dubbel rosett på vänster sida. Denna gång, medan han tittade på henne på nära håll tyckte Elaur att åldersskillnaden mellan dem, inte kunde vara mer än något år, max två. I sin tur, Lexia stannade upp för att titta på honom uppmärksamt medan hon lät blicken gå över honom från topp till tå.

—Du har vuxit ganska mycket sen vi sågs senast men jag ser att lika mycket har din passion för läsning vuxit. Får se, vad har du där för böcker?

Elaur svarade medan han visade böckerna

—Obligatorisk läsning för sommartentan. Jag ville läsa dem innan vi gick genom dem i skolan men jag gillade dem, faktiskt.

Medan han pratade med henne tittade Elaur på hennes fina händer på den väldigt vita huden, nästan genomskinlig och han skämdes för att han hade svettats efter den lilla fotbollsmatchen på skolgården. Utan att verka störd av detta satte Lexia sin högra hand på hans axel och frågade nästan viskande:

—Vill du följa med på en lite mer speciell träff imorgon kväll efter skolan? Du kommer att träffa några annorlunda personer sådana som man inte får tillfälle att träffa på andra ställen?

—Jag slutar skolan tio i sju. Vart ska jag komma?

—Vet du det där stora huset som befinner sig på motsatt sida livsmedelsbutiken? Det är precis i hörnet, vid ingången har det två valv som stödjer en triangelformad fasad och är målat i gult.

—Jag vet precis vilket det är! Som varenda person i Miraveda, tror jag. Vilken tid ska jag komma?

Han såg förbryllad på henne då han visste att det huset var öde, dock var han fast besluten att gå dit. Lexia ingav honom inte bara tillit men han kände i hennes närhet ett visst drömlikt tillstånd, svår beskrivet i ord.

—Du kommer direkt från skolan. Jag kommer att vara där. Du går inte in utan mig!

Han nickade och när Lexia hade dragit sin hand från hans axel och viftat med fingrarna som farväl gick han in i biblioteket fortfarande ganska överraskad av hennes förslag.

Tillståndet av provokation och lätt förvirring som han kände i hennes närvaro hade inget av den spänningen i känslorna han hade känt för Leta för två år sen och ännu mindre den förbryllande känslan han hade haft för Uca.

Nästa dag i skolan såg han, med växande otålighet, fram emot mötet som Lexia hade föreslagit undrande samtidigt vilka människor hon hade för avsikt att presentera för honom. Han hade tagit på sig uniformen, som varje dag, men hade tagit en ljusblå skjorta som han hade strukit själv. De vita skjortorna som hängde på galgar tyckte han verkade lite tråkiga. Han hade tagit mörkblåa sockar och ett par svarta skor, nästan nya och glömde inte heller att tala om för sin mamma att han blir sen p g a en aktivitet i skolan.

Så fort ringningen hördes, som markerade slutet på sista lektionen, plockade Elaur ihop sin skolväska, ganska stor och välfylld sådan och bad Lefan att bära den hem till honom. Med fria händer gav han sig av mot stora vägen där han kom fram på två minuter och fortsatte lika ivrig till livsmedelsaffären. Han fick syn på Lexia på motsatt sida av vägen. Han väntade först på att en blå lastbil, gammal och bullrig passerade och gick försiktigt över på andra sidan vägen medan han la märke till att Lexia inte förnekade sig nu heller och var lika elegant klädd. Denna gång var hon klädd i en tvådelad kostym i färgen café au lait med ganska tajt knälång kjol och mycket elegant kavaj i en modell som påminde om 30-talet. Den var uppknäppt och lät synas en krämfärgad blus, tätt virkad i ganska diskret modell. Stövletterna höga med lagom höga klackar och snören som gick ända upp gjorde att hon såg längre ut och gav henne en kunglig air.

—God kväll! Jag kom så fort jag kunde. Hoppas att jag inte är sen.

—Punktligheten är ett noblesstecken, sa hon, men eftersom vi inte hade satt upp en exakt tid ska du inte oroa dig för det. Du kom precis i tid.

Hon tecknade till honom att följa efter in på en liten tvärgata, sedan lite drygt 10 meter längre bort, öppnade hon en mindre port som Elaur inte hade en aning om och de gick in på gården precis bakom huset. Elaur följde efter henne på trottoaren som var byggd runt husväggen, inte bredare än en meter, som fortsatte i rätt vinkel runt det andra hushörnet dubbelt så bred.

Husets halva del, den som vette mot vägen, var mer än tre meter bredare på båda sidorna och farstun, öppen mot vägen, var byggt så att den var lika bred som den andra halvan av huset. Detta gav huset en skärning i form av ett kors speciellt tänkt så av arkitekten eller kanske var det så det var önskat av den förste ägaren. De gick upp för tre trappor mot en stor dörr av ek, Lexia knackade tre gånger i träet som hade mörknats av tiden, med små pauser mellan. En ung

man öppnade genast försiktigt och lätt och när han såg att det var Lexia lät han dem gå in.

—God kväll, Sofian. Tack för snabbheten.

—Hej Lexia, jag var här i hallen. Ni kom precis i tid. Vi börjar debatten alldeles strax.

Det hade hunnit bli kväll när de kom in i en hall med ett golv av cappuccinofärgad marmor, svagt belyst av en oljelampa, en sådan mycket större än de han kände till som fanns att köpa. Oljebehållaren var av rosa marmor med diffusa linjer i grått, den metalliska delen av koppar och glasgloben var mycket stor och ren. Mannen, som inte var äldre än trettio år, följd av Lexia, gick mot trappan längst bort i hallen. Den var pläterad med vit marmor, antagligen för att markera tydligt trappstegen och att ge området extra luminositet. Med ett trappräcke i gul metall, antagligen också koppar, gick trappan neråt i en smal spiral mot en källare där de väntades av ljuset från en lampa identisk med den i hallen.

Framför dem öppnades en sal på sju meters bredd och nio meter lång som hade i andra ändan, mitt emot trappan, en slags podium gjort av hårt trä som täckte hela rumsbredden. Det var 60 cm högt med tre smala accesstrappsteg på höger sida. På podiet hade man placerat ett vintage bord, lätt ovalt vid de två kortsidorna och 6 stolar i samma stil som bordet. Fyra av dem var placerade bakom bordet mot rummet och de andra två på kortsidorna. Framför podiet fanns det tre rader á fyra klädda stolar som hade samma form som de från podiet bara lite mindre och med andra färger i klädseln. För en bättre sikt hade stolarna på andra raden placerats snett vänster i höjd med mellanrummen bland stolarna framför dem.

På översta sida på väggen som vette mot innergården hade rummet två fyrkantiga ventilationshål 20 cm ovanför trottoaren, belägna på var sida av trappstegen framför ekdörren.

Skyddade av stiliserade galler av samma smidesjärn övertäckta med metallnät med små hål, gjorde ventilationshålen att luften i rummet var över förväntan ren. När Sofian hade gått upp på scenen och satt sig på en av stolarna på bordets kortsida viskade Lexia till Laur:

— Var snäll och sätt dig på en av stolarna i salen, jag stannar kvar här på soffan.

Elaur satte sig på den enda lediga stolen på rad tre på vänster sida och studerade under tiden ansiktena på de åtta personerna i auditoriet, varav bara tre killar och en tjej var i hans ålder. Sedan var det två flickor som gick sista året på gymnasiet och så tre män i trettioårsåldern. På bordet stod två lampor identiska med de som stod i hallen och bredvid trappan som lyste upp salen något, men ändå skapade en sober och mystisk stämning.

Ett par minuter senare kom en kvinna i 45-årsåldern ner för trappan. Hon hade nästan vitt hår uppsatt i en välarbetad knut som gav henne en stor elegans och en sträng lärares drag.

Elaur blev omedelbart fångad av synen på den unge mannen som kom bakom henne som inte var någon annan än Fabian, killen från huvudstaden som för två år sen hade lärt dem spela poker.

Hans förvåning blev ännu större när han såg honom gå upp på scenen och efter att den vithåriga kvinnan satt sig på en av stolarna som riktades mot salen, satte han sig på den andra stolen på kortsidan av bordet mitt emot den som var upptagen av Sofian.

Fabian var klädd i ganska nya blå jeans med en vit polotröja och en svart skinnjacka i synlig motsats till den mörkblåa kostymen och den vita skjortan som Sofian hade på sig, men också med damens sobra klänning, virkad av ull, i en grå färg, prydd med en vit scarf knuten med en silverbrosch.

—God kväll, mina kära! Mitt namn är Vera, jag är licensierad i filosofi och teologi och kommer att vara er värdinna denna kväll.

Hennes varma röst, nästan melodisk, kändes som en kontrast med det första intrycket av en sträng och distanstagande lärare.

—Jag bjöd in till denna debatt våra unga vänner, herr Sofian, licensierad i filosofi och herr Favian, nyutexaminerad från Idrottshögskolan. Låt oss hoppas att vi alla kommer att lämna detta, rikare i idéer och säkrare på våra alternativ. Inom denna aktivitet kommer vi inte att säga eller åta oss något emot myndigheterna och inte heller emot några privatpersoner men jag vill ändå be er att, när ni lämnat den här platsen, visa stor diskretion då den attityden är den enda som är bra för oss alla närvarande men även för samhället, allmänt. Vårt tema i denna diskussion är "Den filosofiska och kristenmoraliska etiken" och handläggningens nivå kommer att vara tillgänglig.

KAPITEL 12

Vi börjar vår debatt med en presentation av koncepten "etik".Varsågod, herr Sofian, sa fru Vera. Medan han ordnade sina ark, mer av gammal vana än att titta i dem, började han sin presentation.

—Då etiken bortom de teoretiska aspekterna även har en odiskutabel praktisk slutpunkt, låt oss utgå ifrån en mycket kort och så enkelt som möjlig definition, för att sedan utveckla vår presentation med hjälp av några av dess viktiga egenskaper. Alltså, etiken är ett beteendesystem i samhället som dikterar prägeln på tankarna, besluten och fenomenen till dem som tar till sig den och vill respektera den. Den reflekterar samhällets utvecklingsnivå och tillämpas av alla, även av dem som inte känner till den eller inte känner igen den. Den har en viss imperativ, given karaktär, inte av lagen utan av den kollektiva åsikten.

Sofian pratade sakta, med små pauser efter varje mening och fortsatte likadant.

—Etiken representerar huvudmotorn till främjandet av det goda i samhället och av de allmänt godkända beteendenormerna vars natur är att underlätta ett harmoniskt samliv mellan samhällets medlemmar. Därför har etiken rollen att hålla i schack vissa mänskliga impulser, socialt oacceptabla, sådana som har att göra med sinnesstämning genererad av maktbegär, välstånd, sex… Dessutom, främjar etiken ett affektivt tillstånd, psykiskt men även spirituellt, av harmonisering mellan det goda individuella med det goda allmänna. Detta underlättar individens beslut att stå ut med fruktan och farorna som dyker upp i kampen mot det onda i samhället.

— Vi tackar herr Sofian för presentationen och i synnerhet för tydligheten och det konkreta i det.

— Herr Favian, önskar ni lägga till något mer?

Favian hade lyssnat på presentationen medan han tittade mer på de två tjejerna som gick sista året på gymnasiet, än på Sofian. Lite överraskad av fru Veras fråga vände han sig sakta mot henne och började i en hetsig ton:

— Etiken är mycket bra, men bara då den är påtvingad av moraliska personer. I mitt liv har jag träffat många människor som krävde att man respekterar etiken utan att de själva gjorde det. Jag vill inte göra någon upprörd men jag personligen är ganska trött på all denna etik påtvingad ner i halsen på mig.

Han tittade kort på fru Vera som var synligt förvånad av hans abrupta stil och fortsatte:

— Som även Sofian sa, måste man beakta i synnerhet den praktiska karaktären, för teorin har ungdomarna blivit ganska trötta på.

Fru Vera tittade på honom med överseende och i samma varma och välvilliga ton sa hon:

— Vi tackar herr Favian för synpunkten så uppriktigt uttryckt. Jag lovar att vi kommer att prata även om de praktiska aspekterna men nu kommer jag att presentera även den andra sidan av etiken, nämligen den kristna etiken.

—Etiken, så som den blev definierad av herr Sofian, kommer vi, i fortsättningen, att kalla för den filosofiska etiken för att kunna skilja dem åt. Den filosofiska etiken har många gemensamma punkter med den kristna etiken men den senare har dessutom beteendeegenskaper och normer som gör den absolut överlägsen, enligt min åsikt. Bortom normerna som definierar skyldigheten mot våra medmänniskor och resonemang av praktisk natur till hjälp för ett bra samliv dyker i den kristna etiken upp ett mycket speciellt koncept: det av kristen kärlek, som genom att eliminera alla former av egoism från människans själ, ger till dem som utövar den en form av absolut lycka, okänd de andra. Den kristna kärleken manifesterar sig mot medmänniskor men också mot Gud som representerar det absolut goda.

Fru Vera tittade några ögonblick på dem som satt framför henne och fortsatte:

—Om den filosofiska etiken har utgått ifrån att lyckan är meningen med människans liv på jorden, föreslår den kristna etiken, som människans mål i livet, fortfarande lyckan men också den mänskliga varelses förverkligande och förvärvet av syndernas förlåtelse, som börjar här på jorden och fortsätter i livet efter döden. Ett bra exempel på den filosofiska etikens oförmåga att diktera allmänt gällande moraliska normer får vi just ifrån den grekisk-romerska antikens filosofiska skolor, grundade och upplyfta av de tidernas vise män, Herakleitos, Sokrates, Platon och Aristoteles. Dessa skolor hade endast en begränsad påverkan då deras adepter och även grundarna knappt levde upp till de etablerade normerna.

Sofian, som hade lyssnat med mycket intresse på det fru Vera hade sagt, fick en diskret nickning till medgivande och ingrep:

—Men ändå, när vi pratar om den grekisk-romerska antikens filosofiska skolor, kan vi inte bara stanna till deras påverkan på den tidens människor, då hela den europeiska civilisationen blev till och byggdes med grunderna av den grekisk-romerska kulturen och civilisationen. Dessa influenser, alltså även de filosofiska skolornas som ni nämnde och som känts igen under hela de två passerade millennierna, är den avgörande grunden för kultur och vetenskap så som vi känner dem i våra dagar.

Fru Vera tittade uppmärksamt på honom och med samma värme i rösten frågade hon:

—Och i slutändan, vilken har varit den sammanbindande faktorn för den europeiska civilisationen? Inte just kristendomen?

—Utan tvivel, men även kristendomen har övertagit, genom tiderna, många av den antika filosofins moralnormer, vilket påvisar en tidsrelaterad evolution av konceptet moral. Ett bra exempel är just den kristna moralen som är en spirituell utveckling av filosofiska etiken så som även den, i sin tur, inte har kommit från intet, utan är en utveckling och en sublimering av äldre moraliska system.

Fru Vera svarade i samma oförändrade ton:

—Vi får dock inte glömma att den kristna moralen har som grund Jesus lärdom genom relateringen till en Absolut Varelse, identisk med Det Högsta Goda som är Gud och detta överstiger odiskutabelt den filosofiska etiken som baserar sig på mänsklig tänkande.

—Herr Favian, om ni har några teoretiska överväganden att göra, var så god!

Favian, medveten om den inte så gynnsamma reaktionen bland dem som fanns i salen, inklusive de två flickornas, på hans första anförande, tvingade sig till en varmare röstläge och ett mer teoretiskt tillvägagångssätt:

—Fru Vera, ni pratade lite tidigare om elimineringen av alla former av egoism från människans själ men längs mänsklig historia, exakt denna egoistiska sida av människan, nämligen självbevarelsedriften, har lett till bestånden av den mänskliga arten till samhällets progress och det materiella välbefinnandet.

Han märkte en positiv reaktion från flickorna och fick mod att fortsätta:

—Så länge en individ bygger sig en viss personlig komfort medan han respekterar lagen och de andras frihet bryter hans lycka varken mot den filosofiska etiken eller den kristna moralen. Jag tror faktiskt inte att vi alla måste leva som eremiterna för att komma till himmelriket. Fru Vera tittade vänligt mot Favian, sedan mot Sofian, som av lydnad till dialogen, disciplinerat väntade på att få ordet:

—Herr Sofian, åldersmässigt är ni mycket närmare herr Favian och även alla våra gäster i salen. Kan ni kommentera den synpunkt, mycket intressant, annars.

—Jag tror inte att det är det mest inspirerade argumentet att överlappa egoismen och självbevarelsedriften, desto mer om man tänker att egoismen, nästan exklusivt, har sociala konnotationer, medan självbevarelsedriften har att göra särskilt med provokationerna och farorna från omgivningen och är gemensam för alla levande varelserna.

Synligt irriterad ingrep Favian direkt:

—Men, om en individ attackerar dig på gatan för att råna dig, vaknar inte då din självbevarelsedrift?

—Jag var på väg att säga exakt det, svarade Sofian helt lugn.

Det är självklart att självförsvaret gentemot aggressionerna från andra bryter varken mot den filosofiska etiken eller den kristna moralen och inte ens mot lagen, om det inte är disproportionerligt, då det handlar om självförsvar.

—Vad menar du med disproportionerligt självförsvar?

Sofian verkade lätt besvärad av Favians olämpliga stil men svarade lugnt:

—Självförsvar innebär eliminering av faran, även med våldsamma medel och med mål att rädda sitt eget liv, inte den fysiska elimineringen av angriparen. Inte ens senare straff av angriparen är tillåtet. För detta finns det lagar som ska tillämpas av statliga brottsbekämpande organ.

Fru Vera, som kände att Sofian var lätt avväpnad från sin analys, kände sig tvungen att ingripa:

—Herr Favian, er position är nu mer teoretisk. Om vi går över till de praktiska aspekterna, som ni älskar, tycker ni inte att, just för att inte bryta mot den filosofiska etiken och den kristna moralen, som ni nämnde, vi borde först känna till dem och till och med förstå dem? Och nu menar jag inte just ni, personligen, utan de ungdomarna som ni nämnde tidigare, som var trötta på teorin. Jag ser, här i rummet, unga personer, några av dem, t. o. m. mycket unga, som vill förstå både de teoretiska koncepten och deras praktiska aspekter.

—Med all respekt! de ungdomar jag pratade om är annorlunda än de som är här i rummet, de som Ni har valt. De vill tydliga och säkra saker, inte definitioner och teoretiska debatt.

Den lugne Sofian, som fick en tillåtande blick av fru Vera, kände att han började få slut på sitt sokratiska tålamod och försökte lugna ner den ivrige Favian:

—Även vi båda blev valda av fru Vera! Jag känner inte till kriterierna men jag börjar förstå dem. Han avstod dock genast ifrån nyansen av sarkasm och vände sig till salen:

—Det är inget fel att tro att vi, hela tiden och för alla problem, kan ha praktiska lösningar, "tydliga och säkra", utan att göra kall på de teoretiska koncepten, kristalliserade under tusentals år.

Fastän Sofian ville fortsätta, ingrep Favian, synligt uppretad:

—Jag tror däremot inte att jag blev vald för att få alla sorters tillrättavisningar! Detta skulle kunna vara tråkigt för alla.

Fru Vera, som signalerade diskret till Sofian att vänta, ingrep försonande:

—Ingen är här för att få tillrättavisningar och jag tror heller inte att detta skett. Vi önskade oss en idédebatt och det hade vi. Det är viktigt att förstå rollen av sådana debatter genom att attackera idéerna som vi inte är överens om och inte personerna som uttrycker dem. Herr Sofian, var så god!

Sofian tittade lugnt mot Favian med ett försök att vända diskussionen på en fredlig väg:

—Absolut! Jag ville bara uttrycka min åsikt och även min ånger, att de flesta gångerna inte finns tydliga saker, och ännu mindre säkra, oavsett hur mycket vi önskar det. Dessutom, tror jag att den filosofiska etiken och den kristna moralen måste ingripa just där sakerna inte är tydliga och i synnerhet där de inte är säkra. Jag ber om ursäkt om jag blev uppfattat på ett annat sätt.

—Det finns ingen anledning att be om ursäkt, kontrade Favian med, medan han, med flit, ignorerade elegansen i Sofians position. Vi måste alla gå härifrån som vänner och tacka fru Vera för att ha gett oss möjligheten att uttrycka våra principer.

Fru Vera såg att Sofian hade för avsikt att spela med i Favians hycklande spel. Hon vände sig till alla närvarande:

—Vi stannar här med vår debatt och tackar för uppmärksamheten! Vi tackar herr Favian, vi tackar herr Sofian. För kommande debatt kommer ni att bli kontaktade av vår väninna, Lexia. Jag tackar henne av hela mitt hjärta för att hon gör dessa debatter möjliga. Ha en trevlig kväll!

På väg ut, tillsammans med fru Vera, blinkade Favian diskret mot Elaur, ett tecken som visade att han hade känt igen honom och fortsatte mot marmortrappan, säker på sig själv och med en segrarens uppsyn. Elaur gick därifrån tillsammans med Lexia och när de kom ut i den sköna kvällsluften, sa hon:

—Jag hoppas att du tyckte om debatten och att du kommer till andra nästkommande också. Jag tyckte att du och Favian känner varandra?

—Ja, vi träffades för 2 år sen. Av honom lärde jag mig spela poker, svarade Elaur lätt förlägen.

—Vad lärde du dig? Poker? Jag visste inte att han undervisade även i poker!

Elaur tittade vaksamt på henne. Då han inte kunde förstå om hennes ironi syftade bara på Favian eller inbegrep även honom, valde han att prata om debatten, vars ämne hade överraskat honom ganska mycket.

—Debatten tyckte jag jättemycket om, men jag förstod inte riktigt vad Favian gjorde vid det där bordet. Inte bara att han inte kunde leva upp till ämnets kaliber, men hans argumentation var snarare gormande än vettig.

—Jag tycker att fru Vera gjorde rätt i att bjuda in honom. Han är en ung man med framgång, beundrad av många flickor i Staden och umgås med många ungdomar. Fru Vera träffade honom hos en släkting till henne i Staden och tyckte att han var välkommen till debatten, för mångfalden i åsikter.

—Det skulle vara ett problem till, lite svårlöst. Jag förstår inte när han gick ut idrottshögskolan, jag får inte ihop det med studieåren.

Lexia log, förvånad över Elaurs problem.

—Här är mitt fel. Jag sa till fru Vera att han var idrottslärare och hon trodde att han hade gått ut idrottshögskolan. Trots alla problem som Den Nya Myndigheten har gett henne, kommer hennes goda själ och tilliten på människorna aldrig att ändras. Egentligen, hade Favian gått ut gymnasiet i sommar, i Huvudstaden, och i början på skolåret fick han ett vikariat som idrottslärare på en skola i Staden. Vi vet båda att det är utbildningen som spelar roll men vi vet också att vissa människor kan resa sig högre än så. Favian är opinionsbildare i sin grupp och detta har kvalificerat honom till debatten.

—Jag tror att du har rätt. Utan Favians ingrepp hade ämnet verkat tråkigare. Jag tyckte jättemycket om sättet som fru Vera och särskilt herr Sofian svarade honom på.

—Det är en oskriven regel för sådana debatter, att bjuda in personer med åsikter så olika som möjligt.

—Fru Vera, även om ingen kan rubba hennes tro, ogillar inte att lyssna på åsikter som skiljer sig från sina, speciellt om de kommer från unga personer.

Framme vid busshållplatsen vid Kvarnen, talade Lexia om för Elaur att hon väntade på bussen som skulle ta henne till Staden. Han log och sade:

—Inga problem, vi väntar tillsammans. Jag bor här i närheten men vill inte lämna dig ensam till bussen kommer. Om du säger till i god tid, vill jag faktiskt inte missa någon av de här debatterna.

De väntade tillsammans i drygt en halv timme, tid då de pratade om böcker och författare som Elaur hade knappt hört om. Hon slutade inte prata om de böckerna han absolut inte skulle missa att läsa och han slutade inte titta på henne som på en mystisk varelse, nedkommen från en annan planet.

KAPITEL 13

Elaurs föräldrar föredrog att på intet sätt underordna sig till Den Nya Myndigheten fastän, enligt vad de sa, gjorde de sig kända genom en missnöjdhet gentemot svårigheterna att skaffa de livsnödvändiga sakerna och för myndighetens attityd mot kyrkan.

—Det här brödet som de här ger oss, inte nog med att det är ransonerat, det verkar också vara mörkare och mörkare från år till år och sämre i smaken, beklagade sig Martia ofta.

För tre-fyra år sedan hade han ändå hört henne när hon skällde ut hans mellersta bror som varje gång han hade druckit ett glas för mycket satte i gång och svor åt representanten för Den Nya Myndigheten i Calavechi.

—Fan ta honom den fattiglappen, han har bara skit i det där idiothuvudet. Vilka tider! Ortens trögmåns är vår ledare och han ska lära oss att vara ordentliga och att älska Den Nya Myndigheten! Det får han göra själv! Han byggde sig jättehus, och med vad? De var byns fattiglappar och nu är de rikast av alla. Den eländiga skitstöveln, så lätt det är för honom att jobba genom att snacka!

Martia, som hade blivit förskräckt, hade tittat sig runt omkring och skällt ut honom viskande:

—Snälla människa! Ta det lugnt med de där orden! Hör du vad du säger?! Säg åtminstone det bara om honom själv, ge dig inte på Den Nya Myndigheten också. Du har två barn som behöver sin far. Vill du att de kommer och hämtar dig som de gjorde med den där Titu, han som svor åt dem på krogen tills de kom och tog honom. Det är mer än femton år sedan dess och ingen vet längre något om honom. Varken var han är, eller ens om han lever.

När hon såg att Elaur hade kommit till dem ändrade hon ämnet de pratade om och tecknade diskret till sin bror att tiga.

Ett år innan, i sjunde klass, hade det varit dags för Elaur att bli medlem i Den Nya Myndigheten för ungdomar. Hans föräldrar hade inte opponerat sig då alla elever blev det innan de slutade åttonde klass, även de svagaste i klassen fick bli det. Tramian tyckte inte alls om vad DNMU (Den Nya Myndigheten för Ungdomar) lärde barnen, speciellt om religion och kyrkan, men han höll med Martia som från början hade sagt till honom:

– Låt barnet umgås med sina kamrater! Det ena är det ena och det andra är det andra. Det är vad han har i hjärtat som spelar roll, inte det som de där säger till honom. Vi kan inte sätta oss på tvären och skapa problem för pojken.

Från början var varken Elaur eller Arian bland de första fem elever i deras klass som skulle få bli medlemmar i DNMU. Däremot hans skolkompis och kusin, Mira, en mjuk och lydig flicka som omedelbart efter mottagandet hade blivit vald i DNMU:s verkställande organ över hela skolan och vicesekreterare. Sekreteraren över hela skolan, Anet var från klass 7 C, en flicka som Elaur knappt kände.

– Det kommer er tur också, hade läraren som var koordinator för DNMU sagt till dem. Ni måste förbereda er mycket bra. Ta Förordningen från er kompis Mira och lär er den utantill. Innan sjuan tar slut måste vi ta in 10 medlemmar till.

Upptagen med andra saker hade Elaur läst den nämnda förordningsboken i slutet av tredje terminen, precis kvällen före mötet då han skulle bli mottagen i organisationen tillsammans med Arian, klassens bästa elev. Detta efter att en kamrat, som bodde nära kyrkan i Miraveda, några dagar tidigare hade flinat åt honom:

—Vad säger du Elaur, om jag går till DNMU och talar om för dem att jag sett dig på påskgudstjänsterna så som du gick runt kyrkan tillsammans med din far med tända ljus i händerna?!

—Gör det, du! Det skiter jag i. De kommer att ta in mig i alla fall i åttan då de tar även töntar som du.

Han hade verkligen inte förlorat något alls på det till slutet av sjuan, bortsett två urtråkiga möten och att betala den obligatoriska medlemsavgiften. I åttan däremot, irriterad på hans likgiltighet var Anet på honom:

—Elaur, du har många framgångar men på DNMU ser jag dig inte ofta i de första raderna! Vi måste prata du och jag så får vi se hur du kan förbättra din politiska aktivitet. Än så länge skulle du kunna hjälpa vår kassörska att ta emot medlemsavgiften. Ni är först med pluggandet men sist med betalningen av avgiften på DNMU.

Elaur log och tittade bort, han visste ju att han låg efter med avgiften, och sedan sade han:

—Bättre om du ger mig någon annan uppgift. Luxa behöver ingen hjälp för att ta emot medlemsavgiften. Hon jagar oss i klassen tills hon får de där pengarna. Ge mig hellre annat uppdrag.

—OK, jag tänker på ett intressant uppdrag. Ikväll, efter lektionerna, kom till DNMU-kontoret, vi har möte och du är bjuden.

Inte så nöjd med sekreterarens intresse för honom, men lite nyfiken på att se hur det var på ett byråmöte, var han klockan 19:00 närvarande i salen på skolans första våning som befann sig precis under lärarrummet där medlemmarna hade samlat sig, en representant för var åttonde klass, två elever från sjunde klass och Anet.

—Jag tror att ni alla känner Elaur, som är vår inbjudne till dagens möte.

Han märkte med detsamma att i den nämnda samlingen dominerade flickorna. Det fanns bara två pojkar, båda från åttonde klass, bra killar men lite intetsägande och dominerade av den auktoritära Anet.

Efter varje punkt på dagordningen, bortsett de som begärt och fått ordet, såg Anet till att erbjuda även honom att säga sin åsikt. Precis innan mötets avslutning, förklarade hon med ett sobert uttryck:

—För Generalförsamlingen över hela skolan kommer Elaur att presentera ett tal med titeln: Bekämpningen av den religiösa obskurantismen, Den Nya Myndigheten för Ungdomars kontinuerliga uppdrag.

Elaur trodde att han inte hörde rätt. Han tittade förvirrad på Anet och förstod att det handlade om honom först när han såg sin kusins sneda leende. Hon visste att hans far nyligen hade tillträtt tjänsten som diakon i Miravedakyrkan. Den gamle diakonen, utbildad på skolan för kyrkosångare, hade dragit sig tillbaka på grund av en sjukdom som hade tvingat honom till sängliggande.

När mötet var slut väntade han i några minuter för att vara ensam med Anet. Han tilltalade henne ganska nervös:

—Jag vill inte få dig att tro att jag undviker att jobba, speciellt att det var jag som bad dig att ge mig en annan uppgift.

Anet lät inte honom fortsätta utan svarade omedelbart:

—Kom igen Elaur, du är en intelligent pojke. Jag tror att du kommer att hålla ett mycket bra föredrag.

Han tittade på henne och visste inte hur han skulle fortsätta.

—Det är inte så att jag inte skulle kunna skriva något på detta tema, men jag har ett problem med min far. Han är mycket troende, han går i kyrkan sedan han var barn och för att han hade lärt sig hela gudstjänsten utantill, gav prästen honom platsen som diakon, här i kyrkan i Miraveda. Jag vill inte göra honom ledsen och jag tror heller inte att det ser bra ut hos Den Nya Myndigheten för Ungdomar att just jag ska presentera detta tema.

Anet tittade lite konfunderad på honom:

—Detta har jag inte tänkt på! Det är verkligen komplicerat. Jag har redan rapporterat detta till dem och jag har även pratat med den vägledande läraren. Men i slutändan är det få som vet att din far är diakon och han själv kan inte veta om ditt föredrag.

Elaur betraktade henne förlorad i sina tankar utan att säga något mer till Anet, och sa:

—Kom så går vi. Det är sent och städerskan väntar på att vi ger oss av för att kunna låsa skolan. Jag hittar en lösning till sist.

Båda två gick ut genom lärarnas dörr och gick mot stora vägen då hon hade bett honom att följa henne en bit på vägen. Hon bodde på andra sidan Miraveda, över den stora vägen. När de hade lämnat skolgården sa hon:

—Jag vet inte vad jag ska säga till den vägledande läraren. Jag vill inte berätta om din far men jag hittade ingen annan ursäkt heller, särskilt som han hade blivit så glad när jag föreslagit dig.

De var nära stora vägen, gick precis förbi ett hus vars bakvägg hade hamnat precis vid vägen efter den senaste breddningen av Miravedas vägar. Plötsligt kände Elaur två starka armar som tog tag i honom hårt bakifrån, vred honom till höger och knuffade honom med ansiktet mot väggen. Instinktivt vände han på huvudet till höger för att undvika slå ansiktet i väggen och först då kände han igen Codrus ansikte, rött och förvridet av hat.

—Vad i helvete har du för dig, varför går du med Anet!?

Han blev knuffad lite till vänster i vinkeln mellan den hårda väggen och en skorsten av bränt tegel, byggd i förlängning till den. Hans högra arm vreds på ryggen med sådan kraft att Elaur stönade till av smärta. Han höll honom fast med vänster arm och fortsatte att vrida Elaurs arm på ryggen och knuffa honom i hörnet.

Anet lyckades samla sig från chocken från Codrus attack och hon såg kniven han hade tagit fram med höger hand och som nu rörde Elaurs hals. Hon lät höra ett skrämt "Neeeej" och närmade sig rädd de två.

—Snälla, gör honom inte illa. Det är mitt fel, sa hon förskräckt, medan hon grät och klappade Codrus på vänster axel, den som höll fast Elaur. Jag bad honom att följa med mig.

Jag var rädd att gå själv, ser du inte hur mörkt det är? Jag ber dig, jag ber dig, snällaaaa!

Elaur, som hade känt det kalla knivbladet vid halsen utan att se eller förstå vad det var, var lika förskräckt som hon. Anet som verkade känna Codrus väl fortsatte be honom gråtande:

—Snälla, snällaaaa! Om jag hade vetat att du var i Miraveda hade jag bett dig komma och hämta mig. Jag ber dig, låt honom vara, han har inte gjort något fel. Snälla, snälla!

Codrus, som inte hade tittat på henne med en enda blick, sade hotfullt till Elaur:

—Din eländiga typ! Jag kommer att nacka dig som om du var en kyckling! Då ska vi se hur du visar dig duktig! Du hade turen att räddas en gång!

Först då förstod Elaur att den kalla grejen vid hans hals hade varit bladet av en kniv och tänkte förskräckt att det inte fanns något sätt att räddas från Codrus ursinne. Anet, med ansiktet dränkt i tårar fortsatte att be:

—Jag ber dig av hela mitt hjärta Codrus, om du tycker om mig, förlåt honom. Snälla, släpp honom och låt honom gå hem till sig. Jag lovar dig, han kommer aldrig att störa dig igen!

Codrus, som inte hade släppt den vridna armen på ryggen och inte hade tagit bort knivbladen från Elaurs hals, tittade äntligen på Anet. Då kände Elaur att greppet som höll hans arm släppte och efter några ögonblick som kändes plågsamt långa sa Codrus, gnisslande med tänderna:

—Om inte Anet hade bett så mycket hade jag nackat dig som man gör med en kyckling.

Han stoppade kniven vid livremmen och gav Elaur en hård och brutal knuff i den riktningen de hade kommit ifrån.

—Stick för fan härifrån. Stick, innan jag ångrar mig! Stick!

Elaur, som hade tagit några steg och räddat ett fall, darrade fortfarande och kunde inte riktigt tro att han fick gå, plockade snabbt upp sin väska som han hade tappat i tumulten och gav sig av tillbaka till skolan med osäkra steg. Han tittade då och då över axeln i mörkret bakom sig. Han tog till vänster på första gatan mellan stora vägen och hans gata och sen började han springa som en galning, ramlade två gånger och väckte hundarna från husen han sprang förbi.

Cirka fyrtio meter hemifrån, badande i svett och darrande av skräck, såg han framför sig Gigi, Alenas kompis som var precis på väg hem ifrån hans familj. Han kände igen honom i det svaga ljuset som kom från lampan från gatubelysningen. När han kom nära honom kände Elaur att benen inte längre bar honom, lyckades inte artikulera några ljud och andades tungt. Gigi hann precis stödja honom under armarna och satte honom på en bänk vid porten till huset de befann sig vid. Han plockade upp hans väska som hade fallit på marken och la den bredvid Elaur:

—Vad är det med dig, vad har hänt, såja, lugna dig nu.

Gigi, som var dryga tre år äldre än Alena och hade precis avslutat sin militärtjänst, var häpen över skräcken som fortfarande kunde ses i Elaurs ögon:

—Såja, försök nu lugna dig, sitt här och hämta andan medan jag drar upp en hink med vatten från brunnen. Du dricker en mugg av det och återhämtar dig direkt ska du se, uppmuntrade han honom.

Brunnen som befann sig till vänster om porten kunde användas även från gatan. Gigi snurrade i hög fart på veven på trätrumman som kedjan i vars ända hängde hinken och var uppvirad på. Hinken slog i brunnens betongtuber på väg upp. Väl uppe tog han hinken och ställde den på brunnskanten, tog snabbt en aluminiummugg som var bunden med en liten kedja vid en av stolparna som stödde trumman, fyllde den med vatten och ställde den bredvid hinken. Han tog de få stegen till bänken, tog Elaur i underarmarna och hjälpte honom till brunnen och sa:

—Drick lite i taget, klunk för klunk tills du dricker upp.

Han höll honom fortfarande men märkte att efter att ha tagit några klunkar darrade han inte lika mycket. Han fyllde igen muggen och sa:

—Nu dricker du den här på samma sätt, lika sakta och sedan sätter vi oss här på bänken och du berättar vad som hänt som har skrämt dig så.

Han hjälpte honom till bänken, sen tog han av sig sin polycottonjacka som han la över Elaurs kavaj för att skydda honom mot den kalla luften och när han såg att Elaur hade lugnat sig lite uppmuntrade han honom att prata.

—H han vv…ylle döda mig, ville skära hal… halsen av mig.

Två stora tårar rullade ner för hans kinder. Han såg förvirringen i Gigis ansikte och fortsatte:

—Codrus. H…höll… kniven vid min hals!

Han andades tungt, två andra tårar rullade ner för kinderna. Han hade slutat darra och började andas nästan normalt. Gigi kände till vilken sorts människa Codrus var men hade aldrig trott att han skulle göra så mot Alenas bror som inte hade något alls att göra med bråkmakarna i Miraveda. Han ordnade till jackan lite på Elaurs axlar och sa:

—Tur att inte din mamma såg dig som du såg ut. Jag blev förskräckt, hur rädd hade inte hon blivit?! Vi sitter här lite till så du lugnar dig helt och sedan följer jag med dig hem. Så säger du att du har träffat mig och satt och pratade så de inte undrar varför du är så sen.

De kom överens att inte berätta för familjen utan tänka ut något till i morgon. Han sa till sin mamma att han inte var hungrig då han hade ätit några frallor och gick direkt till sitt rum så han slapp prata med någon. Han kunde nästan inte sova alls. Så fort han slumrade till ryckte han till, vid minnet av Codrus kniv som gnistrande i natten. Sent efter midnatt, utan att tända för att inte väcka mammans uppmärksamhet, tog han en bok från bordet och började läsa under täcket i ljuset av ficklampan. Han somnade sent när det hade börjat dagas. Vid lunch väcktes han av Gigi som hade kommit hem till dem på sin lunchpaus speciellt för att lämna den stora, viktiga nyheten till Elaur:

—Codrus har blivit häktad. Nu kan du vara lugn. Han kommer knappast ut därifrån någon gång.

Elaur förstod sig inte på sådana saker men han kunde ändå inte fatta vad och hur Gigi hade gjort för att få Codrus häktad.

—Jag förstår inte, hur blev han häktad... så fort?

—Igår kväll på Lilla Druvklasen, hög han ihjäl Basamac. Han dog meddetsamma.

KAPITEL 14

Även om han hade hört om mordet som Codrus hade begått, eller just på grund av det, kunde Elaur inte tänka sig att gå till skolan. Då varken han eller Gigi hade berättat för familjen tänkte han ändå berätta för sin mamma när hon skulle komma från sitt dagliga arbete att han hade fått ledigt från skolan för att förbereda sig för en tävling.

Nyheten Gigi hade kommit med, inte bara att det inte hade lugnat honom men det fick honom att återuppleva skräcken han hade gått genom. Först nu förstod han hur bestämd Codrus hade varit att döda. Han gick tillbaka till sängen och försökte återuppta läsningen i boken han hade läst ur i ljuset av ficklampan, men tanken på Codrus återkom med större och större kraft och detta gjorde att han läste mekaniskt utan att förstå något, började om varje stycke för att, om igen tappa textens logiska tråd.

Han gick ut, drog ut en hink med vatten från brunnen och drack en mugg. Han hörde några pojkar spela fotboll, några 3–4 år yngre killar som hade lektioner på morgonen. De hade precis kommit från skolan och redan börjat spela vid två improviserade mål, den ena mellan deras staket och den elektriska stolpen och den andra mellan Lefans staket och en stor sten som skulle ersätta ena bommen. Han såg sin klasskompis Dodes bror som stod och tittade från sidan. Han var tre år äldre än honom, hade just kommit från lektionerna från det ekonomiska gymnasiet och han föreslog att de skulle gå med och spela, en i det ena laget, den andre i det andra laget men Elaur hade sagt:

—Kom igen, kompis! Ska detta föreställa fotbollsplan?! Vad kan man spela här?

Sedan drygt två år hade han vägrat att spela på den långa och smala "planen" erbjuden av deras gata men han tittade några minuter och mindes nog de matcherna från förr då han var bäste spelaren. Elaur hade inte svårt att övertala pojkarna att låta honom spela med, göra om lagen och spela två mot tre. Han och en mindre pojke fick spela i ett lag och de andra tre i det andra laget.

De spelade tills det blev mörkt ute, han sprang oavbrutet mellan de två målen, tacklade dem från det andra laget alltså precis vad han behövde för att, åtminstone för en liten stund, glömma Codrus och skräcken han hade upplevt kvällen innan. Han skrattade efter varje tackling eller lyckat mål – ett ansträngt och glädjelöst skratt som skapade förvirring i de mindre pojkarnas ansikten.

—Elaur, vännen, vad är det med dig, kom du tidigare från skolan? frågade Martia. Hon hade just kommit tillbaka från "tapeten" som hon kallade sitt jobb som nu var ganska eftertraktat i Miraveda och till och med i Staden. Hon höll sina upprullade mönster under armen och i handen hade hon en gammal kasse där hon hade sina penslar, bomullstråden och vinyllinjalen samt flera påbörjade burkar med olika färgämnen.

Elaur, trött och svettig, tittade länge på henne och utan att svara la han höger armen runt hennes axel, han var ungefär lika lång som hon, ville ge henne en puss på pannan men pussen hamnade på den vänstra tinningen. Hon drog lätt ifrån huvudet:

–Låt bli vännen, jag är smutsig! Jag har inte ens hunnit tvätta ansiktet. Jag tapetserade här borta, runt hörnet hos en grannfru. Jag kom fort för att sätta potatis på kokning, jag ska göra en potatissallad till er. Jag tänkte att jag har all tid att tvätta mig medan potatisarna kokar.

Elaur var mer än imponerad av sin mammas ork att jobba. Hon hade börjat tjäna ganska bra, men det var bara genom att jobba "från nattetid till nattetid", som hon brukade säga. Under dagen brukade hon komma förbi hemmet, minst en gång om inte två, för att brådskande förbereda mat eller tvätta. Hon försökte både tjäna pengar, vilket var så nödvändigt, och även sköta hushållet.

När hon hade tvättat sig ordentligt med vatten som hon hade värmt upp på spisen i en stor emaljbadbalja fick Elaur komma tillbaka till köket och äta en tallrik med kycklingsoppa med grönsaker och hemlagade nudlar i vilken hans mamma hade vispat tre ägg i stället för ett. Han gick sen till sitt rum och omåttligt trött som han var somnade han innan potatissalladen var färdig.

Någon gång efter midnatt vaknade han svettig efter att ha varit jagad av Codrus i ett majsfält där han hade varit och hjälpt till med skörden tillsammans med hela familjen söndagen innan. Alla i familjen hade försvunnit och raderna av majsstjälkar där de tomma höljen, ur vilka majskolvarna hade plockats ut, verkade vara oändliga. Efter några panikartade minuter öppnade han ögonen och kände igen sitt rum, svagt belyst av en lampa i hallen vars ljus trängde sig in lite snett genom gardinen vid det lilla fönstret på översidan av dörren. Halvsovande ville han gå ut i köket, satte ner fötterna på jutemattan och försökte resa sig men föll tillbaka på sängen, förvånad av att benen vägrade bära honom. Han kom ihåg direkt det dåraktiga fotbollsspelet som han hade spelat i mer än fyra timmar och förstod att han hade fått träningsvärk. Han böjde sig lätt ovanför knäna och började massera vadmusklerna. Medan han försökte skaka av sig mardrömsintrycket kom han att tänka på några ord som han hade hört av den gamle Mitu Urola, Dodes farfar, krigsveteran och nästan åttio år gammal: "varje händelse i en människas liv är en lektion som bör förstås". Han undrade vad han borde förstå av denna hemska händelse som han hade upplevt och av Codrus mord, utan att komma fram till något klart av den vise mannens ord. Han hade inte träffat sina farföräldrar, de hade dött innan han föddes, han hade tytt sig till deras granne, en gammal och klok man nästan flintskallig men med två vita ögonbryn, lätt krulliga och onaturligt långa.

Mitu Urola, som också var gatans meteorolog då hans prognoser stämde för det mesta, hade alltid något att berätta från sin ungdom och i synnerhet från de tre åren han tillbringade i kriget. Han kom ofta till generella slutsatser som snarare var livslektioner för de unga.

Han började massera sina lår, slog med händernas kanter på musklerna och i den stunden kom han ihåg ett botemedel han hade hört om från en kompis från skolans fotbollslag: vatten sötat med socker som man skulle dricka omedelbart efter ansträngning. Fast det hade gått flera timmar sedan fotbollsspelet tänkte han ta och dricka en mugg vatten med två teskedar socker i, så han ansträngde sig och reste sig upp och gick mot vinterköket. Han fyllde en mugg som alltid stod där med dricksvatten från hinken, tog i två teskedar socker, rörde i frånvarande, satte sig vid bordet som var täckt med en vit vaxduk med gröna blommor och började dricka i små klunkar som man så som man gör när man tar en medicin. Samtidigt såg han en vit skål på bordet och lyfte upp tallriken som låg på den som lock.Där upptäckte han sin portion av potatissallad. Han började äta lika frånvarande. Han tuggade nästan mekaniskt på bitarna av kokt potatis spetsade med olja och vinäger, blandade med små skivor av ägg och lök, tog då och då någon av de små och svarta oliverna blandade i salladen. Slutligen, när han hade slängt olivkärnorna i sophinken, drack han en halv mugg vatten till och plågad av träningsvärken kröp han i sin säng och somnade ganska omgående.

Dagen efter vaknade han tidigt och började lösa matematiska problem från den bästa och kända samlingen rekommenderad av fru Pârvu. Cirka två timmar senare hämtade han dagens läxor från sin kompis Dode och läste dem, sedan gav han sig i väg till skolan med lättat hjärta, tjugo minuter tidigare än det var dags för första lektionen. Han gick sakta på grund av träningsvärken. Han ville inte prata med någon om händelsen med Codrus då han fortfarande var rädd för Butulan och även för Basamac, den yngre brodern till den som blev mördad och hoppades på att inte träffa någon av dem.

Den första rasten satt han fundersam i sin bänk när Anet dök upp i dörren. Hon tecknade att hon väntade på honom ute i korridoren. Han reste sig med svårighet och gick sakta mot fönstret i den långa korridoren där hon väntade. Med tårar i ögonen och med blicken mest i golvet gav hon honom en lapp och gick mot sitt klassrum medan hon försökte dölja ansiktet för andra så man inte skulle se att hon grät.

Elaur återvände lika sakta till sin bänk, lade lappen i en skrivbok och, när han försäkrade sig att ingen såg honom, lyfte försiktigt bladet och läste: "Snälla, förlåt mig för det som hände. Jag visste inte att han var så galen. Jag ber dig av hela mitt hjärta, berätta inte för någon".

Fem minuter senare sade Lefan, som kom från skolgården:

— Har du hört om Codrus, den där galningen som brukade slå oss? Han är häktad, han har dödat Basamac, bror till den som var hans kompis. Elaur log bittert och tänkte att det var bättre att spela ovetande, så han svarade:

— En eländig mördare, han kom dit han skulle.

Det hade gått cirka två veckor, under denna tid hade det pratats mycket om Codrus och mordet i Miraveda, det dök upp många rykten och spekulationer då var och en berättade det som hänt i sin version men också många upplysningar, den ena fantasifullare än den andra. Ett av påståendena, spridet av många och tilldelat mördarens syster, etsades på Elaurs hjärna: "Min bror var inte sådan innan den där advokaten från Staden körde på honom med bilen, för fem år sedan".

Livet i Miraveda återvände sakta och säkert till det normala, liksom Elaurs liv. Han var sysselsatt mest med rekapitulationen i matematik som han själv hade ålagt sig med då han hade sett att Peter löste fler problem från matematiksamlingen än från matteboken för åttonde klass. Efter att ha löst, av nyfikenhet, några uppgifter från femte klass och hade insett att han hade några brister antagligen på grund av de högsta betygen, som han så lätt "fångade", bestämde han sig för att under en månad i taget jobba med uppgifter från varje år av de tre föregående åren och sedan jobba med åttonde klassens uppgifter samt sådana som skulle kunna komma på tentorna.

På sista rasten, en dag, såg han Lexia på väg mot biblioteket och då gick han också dit. Han väntade ju på en bok som han hade reserverat, en som han behövde för litteraturkursen och alla sex exemplar var utlånade. Bibliotekarien Alicia, som gillade Elaur och som hade hjälpt honom med förberedelser för tävlingen i poesiläsning, tilltalade honom ganska uppgiven så fort han kom in:

—Jag kollade noga men ingen kom tillbaka fast de har varit utlånade i mer än en månad. Jag har sagt till alla att man inte får ha en bok i mer än två veckor men förgäves. Jag har tom gått till lärarrummet och bett lärarna att kräva dem på snabbare återlämning, men inget har hänt.

Elaur tackade så mycket och han pekade mot hyllorna med böcker och frågade:

—Får jag titta lite? Jag skulle vilja låna en bok till.

Då han fick det, gick han mot hörnan mitt emot ingången där Lexia väntade på honom.

—Jag hade faktiskt för avsikt att söka upp dig, sa hon medan hon visade honom en bok av en engelsk författare. Måndag kl. 19, är du ledig?

—Jag tror det. Än så länge har jag inget planerat. DNMU-mötena äger rum på torsdagarna och det finns ändå inte något som är planerat heller.

—Är du intresserad av en debatt om evolutionism och kreationism?

Elaur rykte till när han hörde temat för debatten och hade en bisarr känsla av att Lexia hade förmågan att läsa hans tankar.

—Inte bara att jag är intresserad men det gör nytta för mig. Jag kommer givetvis att vara där klockan 19.

Han tog boken som Lexia föreslog utan att granska den mer då han var säker på att den var värd att läsas. Fastän det inte fanns någon möjlighet att höra på det avståndet tyckte Elaur att bibliotekarien hade varit mycket uppmärksam på vad han hade pratat med Lexia om och därför dröjde han lite till bland hyllorna innan han gick för att registrera boken som han skulle låna.

—Jag tyckte du pratade med någon, eller?

Elaur kom ihåg fru Veras vädjande om att vara diskreta och när han tittade mot Lexia som satte fingret mot läpparna, svarade han:

—Jag tror att jag läste något högt. Jag kan inte engelska men jag gillar mycket uttalet på engelska namn.

Fröken Alicia som var äldre än 40, lyssnade ganska skeptisk på Elaurs förklaring och medan hon räckte honom den valda boken tittade hon en gång till i riktning mot Lexia och skakade tvivlande på huvudet.

Elaur tog boken, sade adjö och gick till sin klass som just skulle ha litteraturlektion med herr Leacu som hade reserverat de sista 10 minuterna för att berätta om resan han hade gjort till Rom.

Han pratade med stark inlevelse, lyckligare än Elaur någonsin hade sett honom, medan han visade bilder på Colosseum, Trajanuskolonnen och många andra ställen i Rom. Medan han tittade på de där bilderna hade Elaur en bisarr känsla som om han hade upplevt de tiderna när kolonnen restes och i sin fantasi såg han så många andra bilder som inte fanns med bland Leacus fotografier, först mycket tydliga sedan svårare att urskilja i en följd som gick fortare och fortare och mer och mer otydliga. Han fick en sådan yrsel att han nästan trillade av bänken. Han hade ganska svårt att återhämta sig. Han tänkte att de bilderna inte kunde vara annat än något som han hade läst i någon bok eller bläddrat i och var tacksam att han inte hade ramlat och gjort bort sig framför klasskompisarna. Lektionen hade redan avslutats, herr Leacu hade gått efter att ha återsamlat bilderna från det Eviga Citadellet och då hörde han Lefan:

—Hej du, ska du hem eller tänker du sova här?

Elaur tittade förvirrad runt omkring sig, plockade ihop sina saker och när han hade stoppat dem i väskan gick han ut tillsammans med Lefan och återhämtade sig först när han kände den kalla luften från början av december.

KAPITEL 15

Det var två veckor kvar till vinterlovet och mindre än tre veckor till julhelgen men Elaur väntade dem inte med samma spänning och glädje som han gjorde de föregående åren. Bortsett hans plågande inre bryderier, hade erfarenheten med Codrus och mordet han hade begått, gett honom en forcerad mogenhet, medföljd av episoder av ledsenhet, skenbarligen utan någon anledning och av mardrömmar han inte kunde bli av med.

Martia hade märkt ganska snart hans humörförändring men då hon inget visste om händelsen med Codrus hoppades hon att det var något övergående som hade med någon bortskämd flicka att göra.

Elaur, i sin tur, som visste så väl hur mycket hans mamma älskade honom och hur påverkad hon kunde vara av hans minsta problem, gjorde sitt bästa för att låta henne förstå att det inte alls var något viktigt.

—Jag har ju blivit stor, mamma! Jag vill uppföra mig lite mera seriöst.

—Jag vet inte vad du har på hjärtat och jag ser att du inte tänker berätta, men jag ser dig för ofta ledsen och jag tycker att jag ser en sorts rädsla i dina ögon. Jag vet inte vad det är med dig.

—Vad då för rädsla, mamma?! Var fick du det ifrån? Rädsla i mina ögon! Jag har ingen rädsla och jag är inte ledsen.

—Det du, min älskade Elaur, när det handlar om sitt barn brukar en mamma sällan ha fel. Låt säga en varg uppäten av ett får, må vara så att du har rätt och jag oroar mig i onödan.

Hon såg bekymrad på honom och kände att han döljer något för henne och hon var inte van vid det. Hon gick till sitt sovrum och kom tillbaka med en 50-sedel och sa:

—Här, gå på bio i Staden, det är ju söndag idag. Du behöver inte ge mig det som blir över. Gå till konditoriet och ta en fika och så blir det lite över till några böcker. Jag vet att det är dem du tänker på hela tiden.

Elaur kysste henne på pannan och från ingenstans kom han ihåg en scen, tre-fyra år gammal som hade etsat sig fast i hans minne, när hans mamma hade gått till deras granne Nion Urola, Dodes farbror, för att betala en skuld vid den utlovade tidsfristen. När hon hade lånat pengarna hade hon litat på en inkomst från sitt jobb som inte hade kommit och nu skulle hon betala tillbaka lånet som innebar hela Tramians halvmånadslön. Grannen i frågan, den äldsta sonen till den gamle Mitu Urola, som hade ärvt en jordlott bredvid föräldrahemmet men också en del av den gamles klokhet, tittade henne i ögonen och frågade:

—Vad blir det kvar till er? Vad ska ni leva av till nästa halvmånadslön?

Martia hade svarat fundersam:

—Av det som Gud ger oss. Det får vara en läxa för mig att inte lita på björnskinnet i skogen. Grannen gav henne hälften och sa:

—Du måste ha mat till barnen. Här, dem kan du lämna tillbaka på två avbetalningar vid nästkommande halvmånadslöner, det är lugnt, vi klarar oss.

Martia, som redan hade tårar nerför kinderna, böjde sig för att kyssa hans hand men han drog sig ett steg tillbaka:

—Du behöver inte kyssa min hand som man gör med prästen. Jag vet att ni är rejäla människor som håller sina löften. Det är svårt med tre barn men jag vet att du är kapabel att flytta berg för dem. Jag hjälper er så mycket jag kan men jag vet att du kommer att hjälpa dig själv bäst. Du är väldigt duktig och arbetsam.

Martia hade gått med tårar i ögonen och med grannens ord i minnet. Han var tio år äldre än henne och hon litade mycket på honom. Han pratade aldrig utan mening. Hon tänkte på hans uppmaning.

Nu, när han visste på vilket sätt hans mamma hade kommit att tjäna bra med pengar, var det Elaurs tur att förstå vad deras granne Mitu Urola hade syftat på. Han var också den som för några år sedan, utan att acceptera någon betalt, hade tagit hand om tillbyggnaden av deras hus genom att lägga till två sovrum och en lång hall.

Det hade gått sex dagar av december men vädret var fortfarande ganska fint med soliga dagar och temperaturer snarare våraktiga.Elaur gick först till biografen Flamman i Stadens centrum, köpte inträdesbiljett för filmen som skulle börja klockan 12:00. Sedan gick han ner till den stora Parken där Victoria, den andra biografen fanns och köpte även där inträdesbiljett till klockan 16:00.

Han gick tillbaka till Centrum där den stora Bokhandeln låg och efter att ha bläddrat genom flera böcker köpte han tre av dem från kollektionen "Bokhyllan för alla". Det blev kvar tillräckligt med pengar för att fika. Mellan de två filmerna beställde han en bakelse av en trevlig kvinnlig expedit på konditoriet Måsen. Han bad henne att servera den i en glassbägare av metall och lägga till två glasskulor, en med choklad och en med vanilj.

Dagen efter, måndag, vid lektionernas slut gav sig Elaur i väg, lika brådskande, mot det gula huset där han visste att Lexia väntade inför en ny debatt. Han hade gått över den stora vägen i god tid. Lexia, lika elegant klädd som alltid, väntade på honom precis i hörnet till den lilla gatan och de gick tillsammans in genom samma lilla port och sedan ekdörren som stod öppen. I hallen på första våningen stod fru Vera tillsammans med en annan kvinna i ungefär samma ålder, båda klädda mycket stilrent och dämpat.

—God kväll mina damer, jag är glad att se er, sa Lexia med en reverens.

Elaur hälsade också han lika respektfullt som han hälsade på sina lärarinnor och fortsatte mot spiraltrappan. Han gick ner och märkte att det hade dykt upp en 4-stolars rad till. Det fanns nu bara tre stolar lediga, bland annat den som han hade suttit på vid första debatten. Han satte sig där och såg att även denna gång de två flickorna från tolfte klass och flickan som var i samma ålder som han var närvarande. De andra var gymnasieelever.

Lexia hade satt sig på samma soffa längst bort i salen i höjd med trappan och vid bordet på scenen satt redan Sofian och två andra personer.

Två flickor till anlände, båda i Elaurs ålder och därmed var alla de sexton stolar upptagna. Då kom de två damerna och satte sig vid bordet.

—Mitt namn är Areta, jag är lärare i latin och Vera, min väninna och kollega, är dubbellicensierad i filosofi och teologi. Fröken Vivi är lärare i biologi, herr Toma är lärare i fysik och herr Sofian är lärare i filosofi. Temat för kvällens debatt är "Evolutionism vs Kreationism". Vi utgår ifrån att alla närvarande är bekanta med de två teorierna så att vi går direkt över till synpunkter, pro eller kontra den ena eller den andra teorin. Fröken Vivi, var så god!

Den unga biologilärarinnan tittade runt i rummet sedan mot de som satt vid bordet och sen började hon sin presentation:

—För att kunna prata om den evolutionistiska teorin måste vi först definiera de huvudsakliga parametrar av de levande organismerna, de som hjälper arternas evolution, parametrar som är vetenskapligt studerade och prövade och accepterade även av anhängarna av den kreationistiska teorin. I första taget, låt oss definiera ärftligheten som alla levande organismernas kapacitet att innehålla genetisk information. Utifrån den informationen förs de morfologiska, fysiologiska och beteendemässiga parametrarna till ättlingar. En annan parameter av dem är variabiliteten som anger de individuella egenskapernas slumpmässiga förändringar innanför en population av organismer av samma art, de heter också genetiska mutationer, som genom ackumulation kan skapa radikala förändringar som skulle kunna leda till och med till nya arter.

Fröken Vivi talade ganska tydligt men en lätt darrning på rösten avslöjade saknaden av oratorisk erfarenhet. Uppmuntrad av blickarna från de två mer erfarna lärarna fortsatte hon:

—Slutligen, det naturliga urvalet är processen genom vilken individerna inom en viss population, som lyckas äga egenskaper mer effektiva för överlevnad, kommer att reproduceras i mycket större antal än de andra. På sådant sätt, deras ättlingar som kommer att ärva dessa egenskaper kommer att vara en majoritet inom kommande generationer. Detta är just evolutionens mekanism, utveckling som förstärks från generation till generation och skapar det vi kallar adaptation till omgivningen och till livsvillkoren. Fru Areta såg att läraren Toma var otålig att ingripa och nickade godkännande till honom.

—Om vi tänker noga, det är bara skenbart att vi har att göra med två olika teorier gällande uppkomsten av livet och i synnerhet av den mänskliga varelsen. Det är bara det att en teori blir till genom vetenskapliga metoder, genom tillämpning av logiska argument och, ännu viktigare, experimentellt beprövade och därmed överstiger stadiet av hypotes. Just den här vetenskapliga grunden skiljer den evolutionistiska teorin från kreationismen, som inte ens är en teori utan en hypotes som är omöjlig att verifiera och som är baserad på Genesis och existensen av en gudomlig plan, stödd av tron inte av vetenskapen.

Fru Areta, som hade tagit på sig rollen av moderator utsåg sin väninna Vera att svara till Toma. Hon sade, med sin varma röst som Elaur redan kände till, men även med ett fullständigt lugn:

—Herr Toma, jag lyssnade mycket uppmärksamt på er intervention men jag vill fråga er om ni kan förklara med sådana logiska argument och speciellt, visa oss prov på hur människans tankar blir till och hur förvandlas dem i medvetande.

Utan att vänta på svaret på den formulerade frågan fortsatte hon:

—Egentligen, i sin stora vishet, har Skaparen tänkt ut alla varelser perfektbara och vissa av deras egenskaper, upptäckta de senaste århundrandena av vetenskapen, är verkliga och stödjer en viss evolution men inte evolutionismen. För detta måste ni förklara för oss och bevisa uppkomsten av de första livsformerna och uppkomsten av det mänskliga medvetandet.

Herr Toma, överraskad av fru Veras milda men frontala motattack och speciellt av det konkreta i hennes påståenden, svarade:

—Angående de första livsformerna, det pågår redan många experiment i miljöer som reproducerar den jordiska atmosfären för flera miljoner år tillbaka och man har lyckats separera en del aminosyror som utgör grunden i livets uppkomst.

—Det är lätt att förstå, replikerade fru Vera med samma varma röst, att för flera miljoner år inte levde någon forskare som skulle påvisa hur den jordiska atmosfären såg ut. Alltså, de som reproducerar atmosfären sedan den tiden har som grund det de tror om den. Och i det tidigare sammanhanget frågar jag er nu, hur mycket är det vetenskap och hur mycket är det tro i detta experiment.

—Fru Vera, ni vet mycket väl att en del fenomen och tillstånd kan bli definierade även genom logisk slutledning, inte bara med hjälp av laboratoriemätningar. För att bli förstådd av alla baserar sig den logiska induktionen på studiet av argument från ett särskilt fall som kan bevisas till ett generellt fall som inte kan bevisas.

Med ett diskret leende, efter att ha omfamnat rummet med en varm blick, intresserad av reaktionerna i auditoriet, svarade hon:

—Och denna logiska induktion, genom utforskning av situationer omöjliga att verifieras, leder inte det till slutsatser omöjliga att verifieras? Då frågar jag, vilken är skillnaden mellan en sådan slutsats och den kreationistiska hypotesen, som ni också själv har definierat som omöjligt att verifieras? Jag frågar också, angående uppkomsten av det mänskliga medvetandet som skiljer oss klart från alla andra kända livsformer: vilken miljö tror ni skulle reproduceras och vilka skulle vara de vetenskapliga instrumenten nödvändiga för ett sådant totalt hasarderat försök?

Herr Toma, som genom ett sympatiskt anagram från Toma hade, av sina elever, fått smeknamnet Atom, svarade i samma professorliga ton som kom exklusivt från en vana och aldrig från respektlöshet för samtalspartnern:

—Utan sådana försök, en del av de hasarderade, skulle den mänskliga kunskapen vara totalt blockerad och vi skulle gå tillbaka till den primitiva människan som, utan några vetenskapliga förklaringar för, låt oss säga, hur blixtarna uppstår, inte skulle kunna göra annat än att tilldela dem några övernaturliga krafter.

Fru Areta, något strängare och mer auktoritär än sin väninna Vera, kände behovet att ingripa:

—Det handlar inte alls om en blockering av vetenskapen, utan om att tämja de överdrivna tendenserna att förhastat tolka vissa resultat och utan den vetenskapliga stringensen som ni själv suggererade vid ert första ingripande. Om den evolutionistiska teorin har sin grund i vetenskapen och i bevisargumentet, när detta bevis inte uppenbarar sig vore det önskvärt att vissa hypoteser blir erkända som sådana och inte presenterade som säkra påståenden. Speciellt inte för en ung publik som befinner sig i pågående utveckling.

Än en gång blev herr Toma, minst sagt, överraskad över de två kvinnornas logiska ackuratess. Han hade väntat sig av dem snarare några lätt fällda dogmatiska påståenden. Av respekt för den attityden men också för att avsluta med en någorlunda fördel föreslog han en tillfällig vapenvila:

—För en del saker som inte kan vara vetenskapligt förklarade betyder det inte nödvändigtvis att en sådan förklaring inte finns men att den kanske inte har hittats ännu.

Så som vid varje vapenvila måste man ta hänsyn till villkoren som motparten föreslår. Fru Areta svarade med samma bestämdhet men också med klokhet:

—Jag accepterar er mening på villkor att precisera egenskapen av obevisade hypoteser för de sakerna och att avstå från att åberopa dem som argument. Herr Sofian, har ni någon synpunkt?

—Debatten är väldigt intressant och med utgång ifrån den stora vinsten, vårt accepterande av de levande organismernas princip, det enda som är kvar är att vi återvänder till de två meningsskiljaktigheterna, nämligen livets uppkomst och sedan det mänskliga medvetandets uppkomst. Just era argument har bevisat att vi inte pratar om två teorier utan om två hypoteser, lika vackra och spännande båda två.

Han tittade på alla vid bordet och fortsatte:

—I detta fall skulle vi kunna analysera, åtminstone som arbetshypotes, en av mina vänners åsikt, en ingenjör som försöker förena båda hypoteserna. Han påstår att fler och fler vetenskapsmän presenterar Big-bang, det som verkar ha lett till Universums uppkomst, som en så kallad "singularitets" ofattbara explosion, någonting utan dimensioner men med en oändlig energi och vilken, i hans vision, kan vara en beskrivning som kommer närmare sanningen av den första skapelsen. Han tror att den explosionen ger honom rätten till en kvantifiering av den Högsta Skaparen. Han definierar det som en infinit mängd av gudomlighetssmulor som finns i allt och i alla och som, i människans fall, skulle kunna avgöra likaledes hennes medvetande.

Fru Vera log lätt ogillande och fru Areta tittade på sin klocka och sade:

—Er hypotes, eller rättare sagt, er väns hypotes är mycket intressant men också väldigt svårattackerad. I den stunden tycks den som ett modernistiskt angrepp av den panteistiska visionen.

Några tysta ögonblick och sen var det fortfarande fru Areta som fortsatte:

—Jag tror att det är dags att avsluta här och lämna ämnet öppet och likaså möjligheten för alla här framför oss, att välja det som passar dem bäst, var och en enligt egen tro och samvete. Jag tackar i första hand fröken Lexia, det är tack vare henne ni är här med oss. Jag tackar er också, jag önskar er alla en fin kväll och vill upprepa vår kända inbjudan till diskretion.

Elaur hälsade alla respektfullt, han sa adjö även till Lexia som hade sagt att hon skulle stanna kvar en stund med de två kvinnorna och var den första som gick ut från gården och sedan hemåt. I det svaga ljuset från gatlyktorna svärmade hundratals snöflingor, första snön den vintern.

Nöjd med debatten försökte han svara på Fru Aretas inbjudan att välja det som passade honom bäst och märkte slutligen att han tenderade ta till sig Sofians hypotes, som öppnade honom ett nytt perspektiv att förena tron som han hade blivit uppfostrad i med alla ackumulerade kunskaper på kurserna på skolan i Miraveda. Framme hemma åt han med god lust en portion av vitaböngryta med två stora tomatpaprikor inlagda i vinäger. Martia missade inte hans ljusa ansikte och de pigga ögonen och tänkte att nu hade något ändrat sig till det bättre med hennes son.

KAPITEL 16

Vinterhögtiderna utan snö och utan de senaste årens tjusning hade passerat lika gråaktiga som vädret. De enda stunderna Elaur hade lämnat ifrån sig läseboken var Gigis, Alenas pojkvän, kvällsbesök. Han var också passionerad av läsning och han var den ende som hade lagt märke till att Elaurs läsning ingenting hade att göra med inträdestentan för gymnasiet, så som hans mamma trodde.

Elaur hade bestämt att under vinterlovet ta en paus från pluggandet för tentamina men det passade honom bra att hans mamma trodde annat för då slapp han hennes bedjande att inte läsa så mycket på nätterna vilket, enligt henne, inte var bra för ögonen. Han hade avstått från läsningen endast för två pokerpartier och så för nyårsfirandet som hade ägt rum hemma hos bröderna Urola, ett mycket bra tillfälle för de sju pojkarna som var där att göra precis vad de ville. Glada för föräldrarnas frånvaro, frånsett den traditionella maten som alla hade hjälpt till med, stod en flaska hemmagjord körsbärslikör på bordet. Dessutom, låg där även tre paket Dunhillcigaretter som de hade inhandlat ihop och två kortspel. På så sätt hade nyårsfesten blivit en lång pokernatt i stället.

Elaur hade lärt sig en liten trick av Elu. Han hade märkt att Elu nästan aldrig drack alkohol när han spelade poker. När de hade ätit av maten smuttade han lite på körsbärslikören ett par gånger mest för att undvika att bli retad av de andra och rökte under hela natten inte mer än två-tre cigaretter. Trots allt detta kände han sig lätt illamående mot morgonen och hade en diffus huvudvärk. Då han räknade med att både han och de två pojkarna som var kvar i spelet gick med vinst förklarade han:

—Efter den här handen slutar jag. Jag har en jobbig huvudvärk så jag går direkt hem.

Lefan hade varit den förste som lämnat spelet, Dode hade spytt två gånger på bakgården och hade sedan somnat på en soffa och nu var det Elaur som "begärde" att gå hem. Elu räknade taktiskt sina pengar och missade inte tillfället att reta honom lite:

—Det är väl så här när man spelar poker med barn!

Elaur som hade dubblat sin vinst när han förstod att det inte tas illa upp, med halvöppna ögon gav han sig i väg direkt, gick över gatan hemåt där Alena och Gigi och fyra par till från Miraveda fortfarande firade för fullt, dansade på husets terrass på folkloremusik som på maxvolym spelades från familjens pickupspelare. Han gick direkt till sitt rum och somnade med detsamma utan att bli störd av musiken eller resten av oväsendet som festnissarna förde.

Han vaknade sent på kvällen när hans mamma kallade på honom till "nyårsmiddagen" där även Gigi var bjuden. Han hade blivit av med huvudvärken och även illamåendet hade försvunnit men han hade ingen vidare matlust. Han smakade lite av legymsakssalladen med nötkött. Efter att ha tackat nej till ett glas körsbärslikör, en mycket populär dryck i Miraveda, hällde Gigi ett glas rubinrödvin och gav honom det. Han antog att Elaur nog hade överdrivit med drickandet vid nyårsfirandet, därför sa han:

—Du vet hur det är, ont ska med ont fördrivas. Ta och drick detta och du ska se att du återställer dig.

Hans antagande, totalt felaktigt, hade snarare väckt Martias uppmärksamhet. Hon bad nu inom sig att Elaur skulle vara lik sin far, inte hennes yngre bröder som var kända för sina Bacchusöverdrifter.

Elaur sörplade lite på vinet, mest för att glädja Gigi och smakade på stekgrytan med kött och korv som Martia brukade blanda två skedar tomatjuice i precis innan hon stängde av värmen under. Hon hade tagit fram på bordet en skål med inlagda grönsaker och en mindre skål med spad från surkålen där hon hade lagt till två stora, hackade lökar. Elaur tog då och då en sked av den då han inte ville gå från bordet innan alla hade ätit klart.

Fram till vårlovet hade Lexia tagit honom på två debatter till, lika intressanta, som ägde rum i det Gula Huset, i samma atmosfär av idékonfrontation men också av kvasihemlighet. Med all respekt för skolan ansåg Elaur dem mer än välkomna. De valda teman föll för bra på hans inre oro för att inte misstänka Lexia om att, genom metoder som bara hon kände till, visste hon alla hans villrådigheter.

Han läste lika mycket skönlitteratur som inte hade alls med skolprogrammet att göra för att inte väcka föräldrarnas uppmärksamhet. Och ändå sa Martia en gång:

—Elaur vännen, med alla dessa böcker, se till att du inte glömmer dina tentor. Jag vill bara se att du har klarat av inträdestentan till gymnasiet och sen kan du hålla på med dina böcker hela lovet och läsa och återläsa dem.

Han låtsades lite sur:

—Är det så du känner mig, mor? Tror du inte jag vet vad jag har att göra? Jag lovar dig, jag kommer att komma in på gymnasiet, dessutom med höga betyg! Härifrån Miraveda är det bara Peter som jag inte kan slå, tror jag. Det ska du få se!

Det var hans sätt att slänga till med ett löfte just för att få i gång honom så att han inte skulle göra bort sig.

—Jag gillar din vänskap med Peter ska du veta. Är inte hans pappa diakon i katedralen, i Staden?

Elaur nickade jakande med huvudet och hon fortsatte:

—Jag och hans mamma var goda vänner när vi var unga. Jag tror att han är född i maj månad, precis som du, för vi var med barn samtidigt och vi retade varandra om vem som skulle få först.

En vecka innan vårlovet, palmsöndagen, gick de tillsammans med Lefan och fyra andra killar, yngre än dem, till pil-och poppelskogen i södra utkanten av Staden för att plocka blommade små pilgrenar. Det var tradition att dessa små grenar pyntade portstolparna och husfönstren. De som var mer skapande gjorde även gröngula arkader ovanför portarna in mot gården.

Den riktiga vintern hade börjat sent, i slutet av januari, men hade tagit igen i mars då det hade ställt till med en snöstorm och kylan som hade följt hade försenat vegetationsperioden ganska mycket. Detta syntes direkt när de kom in i skogen: det var mycket få grenar som hade blommat och de som man kunde nå var redan utplockade.

De gick runt lite i skogen men så fick Elaur syn på ett konstigt pilträd. Den hade, två-tre meter ovanför marken en slags grön kjol som bestod av gröna kvistar, intrasslade i varandra, och ovanför den, upp till åtta-nio meter högt, bara små kvistar, smala och korta, för länge sen torkade. Först därifrån uppåt vecklades ut de mest blommade och vackraste kvistarna i hela skogen. Innan Lefan kom i kapp honom hade Elaur med viss svårighet tagit sig genom de täta och intrasslade grenarna och höll på att kolla hur resistenta de torra grenarna var ovanför. Han hade klättrat mycket försiktig upp till ca fem meter när han mindes sin blinde vän Tinus ord: "människans liv kan vara som röken. I ena stunden är det och du hinner inte blinka tre gånger och en vindpust kan blåsa bort det". Han tänkte att det var mycket klokare att gå ner och nöja sig med kvistar som hade mindre blommor från pilträdet bredvid, som var högre men hade levande och mycket vackra kvistar.

—Du vågar inte, eller hur? Jag klättrar och jag kommer att ha den vackraste pilen i Miraveda vid min port, sa Lefan.

—Jag tycker att du ska låta bli. Jag prövade de där torra grenarna och jag tror inte att de håller, särskilt att högre upp är de ännu tunnare.

Lefan, en tuffing som alla pojkar i hans ålder, mer envis och kaxig än de flesta, med kniven som han skulle skära de blommande kvistarna mellan tänderna som piraterna på teve, hade redan passerat de tät trängda grenarna och hade börjat sin uppgång mot toppen av trädet.

Efter att ha varnat Lefan en gång till och bad honom vara försiktig hängde Elaur sig på en gren av det gröna pilträdet bredvid, höjde sig med armarnas kraft och med en smidig rörelse satte han den högra foten och direkt den vänstra handloven på översidan av grenen och ställde sig på den som i en akrobatisk övning. Han hade med flit väckt de yngre pojkarnas beundran för att få dem att glömma mandomsprovet som Lefan hade vunnit minuten innan. Han befann sig nu på en höjd av dryga 12 meter, en meter högre än Lefan. Ur fickan tog han fram den lilla kniven som han hade fått i present av Gigi, vecklade ut den och började skära de små pilgrenarna som han kastade ner bland trädets stora grenar, på backen.

Han hade inte hunnit skära mer än 20 små kvistar till skillnad från Lefan, som redan hade kastat till de yngre pojkarna mer än 30 kvistar, när han hörde ett kort knarrljud, så där som när trä går sönder och när han tittade mot Lefan såg han honom i fritt fall neråt från drygt elva meter höjd. Darrande av skräck tittade Elaur instinktivt på grenen som han höll sig i och sedan tittade han neråt och såg Lefan som låg helt stilla på marken med ansiktet uppåt. Mycket skärrad, med okontrollerat darrande händer, började han sin nedgång så fort det bara gick, förskräckt av att Lefan inte rörde sig alls. En bit längre ner, mer och mer panikslagen, hoppade han, från en gren ungefär tre meter högt från marken, ner på mattan av torra löv nere runt trädet. De små pojkarna som inte förstod exakt vad som hänt, skrattade först några sekunder som av ett lyckat skämt, satt nu kritvita runt om Lefan utan att veta vad som skulle göras. Elaur närmade sig fort och skrek:

—Ur vägen, ur vägen, gå bort härifrån, ni tar all luft från honom!

Han satte sig på knäna, närmade sitt vänstra öra till Lefans mun för att lyssna. Han hann inte uppfatta om Lefan andas då Stan, den minsta av pojkarna, bara 7 år gammal, började gråta stirrande på Lefan.

—Stoppa honom, jag hör ingenting, ropade Elaur igen med rinnande tårar och uppskrämd av salivränderna som hade dykt upp i Lefans mungipor.

Nu blev det tyst och Elaur la igen örat vid Lefans läppar och nu tyckte han att han kände andningen. Han höjde blicken mot himlen som syntes genom trädgrenarna och gjorde ett tecken till att han krävde absolut tystnad, lyssnade igen och ropade sen i extas:

—Han lever, hör ni, han lever! Jag hörde hans andning. Jag varnade honom att klättra i det där eländiga pilträdet.

Han lyssnade en gång till efter Lefans andning för att övertygas att han andas sedan tittade han mot platsen där grenen hade gått av och försökte befria sig från all spänning. Sedan, mer för sig själv än för pojkarna som tittade på dem sade han:

—Han lever, han lever! Tack Gode Gud! Vad ska jag göra så han blir bra? Jag är rädd att om vi flyttar på honom gör vi honom illa. Jag skulle vilja gå till Staden efter hjälp men jag vågar inte lämna honom här bara med er.

Han tittar ömsom på Lefan, ömsom på Martac, den äldste av pojkarna som gick i fjärde klass och tänkte skicka honom till första huset vid skogsbrynet, en kilometer därifrån, när Lefan stönade lätt men utan att röra sig.

—Hörde ni också? Hörde ni?

Pojkarna nickade lätt och Elaur lade den högra handen på Lefans panna och sa:

—Lefan, snälla du, om du hör mig, öppna ögonen, åtminstone en liten stund. Snälla!

Han tittade förtvivlad på Lefans orörliga ögonlock och i tanken klandrade han sig själv för att inte ha hindrat honom från att klättra i det där trädet som stod där som en dödsfälla i deras väg. De kände varandra från barnsben, Lefans mamma hade varit Martias bästa kompis, de var som riktiga systrar för varandra men hon dog helt oväntat en dag. De gick då i första klass. Han började slå Lefan lätt med handflatorna växelvis på båda kinderna så som hade sett på film och efter några sådana örfilar kollade han andningen och böjde sig till hans öra och sa:

—Jag ber dig, om du hör mig, öppna ögonen lite.

Han glodde tröstlös på hans ögonlock precis som de andra pojkarna men efter en stund tänkte han att det kanske var svårt för honom att röra på ögonlocken och då sa han:

—Kom igen vännen, jag ber dig, rör något. Om du inte kan röra på ögonlocken, rör åtminstone ett finger. Snälla! Alla blickar riktades nu mot Lefans fingrar när han verkligen rörde lite två fingrar på höger hand. Elaur tittade mot pojkarna med en viss oro att han kanske hade sett fel men när han såg deras lyckliga blickar, rusade han upp på benen och visste inte till sig.

—Han lever, toker Lefan lever! Om han hämtar sig lite till stannar ni här med honom och jag springer till sjukhuset och kallar på ambulans.

Han rykte till när han tyckte att han hörde ett "nej" som skulle komma ifrån Lefan. Han böjde sig genast över Lefan och frågade:

—Drömmer jag eller sa du nej?

Lefan rörde lite på ögonlocken och utan att öppna ögonen, sa han tyst:

—Stanna... stanna här!

Elaur sjöd av glädje och de andra började hoppa och skutta, när han tecknade till dem att sluta och tilltalade Lefan igen:

—Tänk nu, det är kanske bättre att ha hit en ambulans. Jag skickar Martac, då.

—Jag vill in...te ambu...lans.

Elaur tänkte lite, förvirrad av kompisens vägran till ambulans och frågade:

—Hur mår du? Var gör det mest ont?

—Ryggen. Ni stannar här. Jag mår snart bra igen.

En dryg halvtimme senare då han hade småpratat med Elaur återhämtade Lefan sig ganska bra. Han tittade neråt och viskade:

—Om inte de här nedre grenarna hade varit här, hade jag varit död nu. De saktade till fallet.

De satt där någon timme till, vägen hemåt tog en timme till och så kom de fram till Miraveda med 5–6 kvistar var och med order från Lefan att inte prata med någon om olyckan.

På annandag Påsk, när vårsolen smekte generöst allt levande, kom han att tänka på sin blinde kompis som han inte hade träffat på alltför många månader. Han tänkte att Tinu kunde vara på den höga stranden och njöt av detta fina väder och lät sig smekas av solstrålarna, han också. Han tog med sig en bok och en filt och gav sig i väg till Devale där han djupt hoppades att hitta honom.

Så snart han kom till gatuhörnet nära ödetomten fick han syn på Tinus omisskännliga siluett, i samma position med benen samlade under sig, med blicken förlorad som om han tittade långt bort mot Universums ytterkant. Två minuter senare var han framme vid honom, hälsade och sade:

—Jag är så glad att se er! Vi har inte träffats på länge. Hur står det till?

Tinu log enigmatiskt, vände huvudet mot Elaur och sa, med viss antydan:

—Jag är också glad Elaur, att höra dig. Det är bra med mig, jag har inte så mycket att göra utom att fundera på livets gång och tänka på de få människorna som jag kan prata med. Det är trevligare här än i Huvudstaden i min etta men jag har inte så många att prata med. Marken var fortfarande kall så Elaur sträckte ut sin filt, satte sig på den och bjöd Tinu att flytta sig på filten och sitta bredvid honom. Han berättade sedan händelsen från Pingstdagen och medgav då att bara hans råd hade skyddat honom mot bedrövelse. Han pratade om sin kompis, Lefan, om skräcken han hade upplevt och om ångern att inte ha kunnat stoppa honom. Han pratade även om Lefans mor som hade dött för sju år sedan på grund av en misslyckad abort som hon hade gjort i hemlighet.

—Kom nu, ge mig din hand så jag kan känna vad som händer med dig. Jag känner att du är mycket spänd.

Elaur sträckte handen och utan att vänta på att Tinu bad om det satte han den andra handen på hjärtat. En liten stund senare sa Tinu:

—Din kompis fick skydd från sin mamma. Gud har förlåtit henne just för att hon ska ta hand om sin son som hon har lämnat så liten. Men även du har gått genom en prövning. Någon har hotat dit liv.

Förvånad och till och med skärrad viskade Elaur ett plågad "ja" men Tinu fortsatte orubbad:

—Det var även en flicka där. Var inte arg på henne.

Hon vet inte men du måste få veta: hon var där för att rädda dig inte för att utsätta dig för fara. Mötet med den där mannen kunde inte vänta längre och bara på det viset har du kunnat klara det men du ska inte vara rädd längre. Hans ilska kommer att gå lika oväntat som den kom.

De satt lång tid tillsammans utan att läsa någon rad av den boken han hade tagit med sig. Tinu berättade i stället om punktskriftsalfabetet, om hans skola i Huvudstaden där han hade gått de sju åren som man gjorde då, med hjälp av det alfabetet men också från varmhjärtade lärare som gjorde sitt bästa för att förklara saker som var så svåra att förstås för ögon som aldrig hade sett något. Han hade även gått en yrkesskola där han hade lärt sig att göra terapeutisk massage och han hade jobbat på ett sjukhus fram till för något år sedan när han hade gått i pension, tidigare än andra som inte hade något fysiskt handikapp.

Elaur gick hem lycklig över en sådan vänskap och tänkte på det Tinu hade sagt om Anet, som han hade dömt så hårt.

KAPITEL 17

I Miraveda som inte ens hade passerat 100 år av existens hade det redan skapats ett kollektivt tänkande och de valen, gjorda av majoriteten, höll nästan på att bli regler och få ett värde av självklarhet. De flesta av invånarna i förra kommunen, till vilka man la till "nykomlingarna", som man kallade de från orterna i närheten, som byggde sig hus i Miraveda, hade lite utbildning eller ingen utbildning alls. Vana vid jordbruksarbete längtade de efter lättare jobb eller åtminstone bättre betalt, som hantverkare, sådana som det fanns få av. Talesättet "yrket är guldarmband" har det nog inte uppfunnits i Miraveda men här var det en absolut suveränitet. De flesta föräldrarna som med svårighet kunde ge sina barn det de behövde under de åtta obligatoriska skolåren lotsade dem, i slutet av de åren mot de 2-åriga yrkesskolorna, i synnerhet mot lärlingsskolorna som varade bara sex månader. Man kunde inte ens klandra dem när de flesta barnen själva lockades av de korta skoltiderna och stipendierna de erbjöds men också av en tryggad arbetsplats direkt efter skolavslutningen.

Därför var det ingen överraskning att bara åtta elever av trettio från hans klass hade valt att gå vidare till gymnasiet och bland dem, en enda flicka. Från de andra tre klasserna var det ännu färre, på det stora hela ca 8 – 9 elever till. Olyckligtvis, de flesta som hade valt att gå lärlingsskolorna som hade skapats i närheten av de stora fabriksanläggningarna i Huvudstaden, en slags stora antropofager som svalde tusentals barn från orterna utanför Huvudstaden, dem skulle han aldrig komma att möta igen.

En enda flicka, rätt snygg och ordentlig men som hade lagt på sig några kilo på senare månader, överraskade alla under de sista två veckorna genom att förklara att hon inte skulle komma välja någon skola alls fast hon hade ganska bra betyg. De sista tre skoldagarna när alla betyg var satta var hon inte ens i skolan. Elaur fick veta av sin syster att flickan hade redan gift sig med en bulldozerförare som var inneboende i familjens hus. En vecka innan hade han jagat bort sin fru och sina två barn, skickat dem tillbaka till byn som de hade lämnat för sju år sedan för att slippa jordbrukslivet och fattigdomen.

Ytterligare två veckor senare sålde flickans föräldrar huset i Miraveda och flyttade tillsammans med henne, som inte hade fyllt femton år ännu, och med deras nya svärson till en mindre by, ca 40 km nerför Den Stora Floden. Först efter ett år fick man förstå den händelsen som hade förvånat och berört Elaur när hans före detta skolkompis dök upp i lärarrummet på skolan med sin sex månader bebis i famnen för att hämta slutbetyget. På den tiden, innan lagen tillämpades, gällde en oskriven regel känd av alla. När en minderårig flicka blev gravid med en vuxen man hade han två alternativ att välja på: giftermål eller fängelse.

I slutet av åttonde klass bestämde sig Elaur att inte delta i firandet av det. Det brukade äga rum på samma scen som användes även som utebiograf. I yngre år väntade han med spänning och förväntan på skolavslutningsfirandet men nu tycktes det barnsligt att behöva gå upp på scenen för att ta emot ett diplom. Det började med en ganska lång underhållningsföreställning vars skådespelare var skolans elever. De som slutade skolan och var upptagna med inträdesproven till gymnasiet behövde inte delta aktivt.

Scenen, placerad på gården mellan kyrkan och vårdcentralen, var en konstruktion av betong, ganska pampig, en meter hög och ganska rymlig med en hög och lätt bågformad vägg bakom, använd även som skärm.

På det stora "firandet" samlades nästan hela byn för att vara med eleverna och avnjuta deras bidrag till showen. Efter festiviteterna gick föräldrar och barn hem till sig, en del lyckliga andra ledsna och en del tacksamma att "ungen har klarat skolåret". Ingen vågade någonsin att ifrågasätta lärarnas objektivitet i bedömningen av elevernas prestation.

Den eftermiddagen satt Elaur avslappnad och läste i historieboken när hans lilla syster, som hade gått ut andra klass, kom och, lite förbryllad, talade om för honom att en lärarinna väntade på honom i rummet som vetter mot gatan, som i Miraveda var gästrummet. Han gick in i rummet och när han såg sin mamma med tårdränkta ögon tittade han undrande mot fru Stara, hans klassföreståndare, som däremot log med hela ansiktet.

—Ok, Elaur, just den här gången, när du hade första platsen i klassen fick du för dig att inte komma till avslutningsfesten? Nu får du betala mig för att jag kom hit, kånkade på dina böcker, för att överlämna dem och ditt diplom.

Han blev jätteglad för böckerna buntade på bordet men när han såg betyget på diplomet som var samma som han hade räknat ut och som han trodde var något sämre än Arians tittade han frågande på sin lärarinna.

—Ni fick båda två första priset men Arians betyg är med fem hundradelar mindre än ditt.

Elaur tittade igen på de sex böckerna på bordet, log lite konfunderad och visste inte vad han skulle säga. Under tiden hade Martia, lyckligare än någonsin, gått ut i köket och kommit tillbaka med ett stort glas kallt vatten, i vilket hon hade stuckit en tesked fylld med rosa rossorbet och vilket hon ställde framför lärarinnan. Fru Stara, en mild och varm kvinna, lärare i biologi men som undervisade även i jordbrukslära, (ämne som undervisades på landsorten) på skolan i Miraveda, sade:

—Det är jag som tackar för vänligheten men jag tror att Elaur och även Ni förtjänar den här sorbeten mer än jag.

Martia bad om ursäkt och gick ut omedelbart och kom tillbaka med en bricka till med två glas vatten med var sin tesked med sorbet och ställde dem på bordet. Rörd av lärarinnas speciella uppmärksamhet stirrade hon på den blåa vasen med tre plastrosor i som stod mitt på bordet på en makraméduk virkad av Martia. Uppmuntrad av lärarinnan började han ta lite av den söta och parfymerade sorbeten, tog en liten vattenklunk då och då medan hans mamma, fascinerad av lärarinnans beröm, var hela hon ett stort leende och glömde helt bort sorbeten framför sig.

Kort tid efter detta följde inträdestentan till gymnasiet. Efter båda skriftliga proven, litteratur och matematik, gick Elaur tyst hemåt bara halv nöjd med vad han hade presterat. Mängden elever som strömmade ut efter varje prov på gymnasiets innergård och säkerheten som många av dem uppvisade skrämde honom lite. Ämnena hade inte varit lätta och han kände ett hål i magen med tanke på den svåra kampen, mer än tre personer per plats, och på att andra medsökande var kanske bättre än honom, då de flesta kom från skolorna i Staden. Han hade kommit överens med familjen att ingen skulle följa med honom och de skulle heller inte prata om proven förrän efter de muntliga. Betygen för dessa kommunicerades omedelbart. Han hade lugnat sig efter det muntliga provet i litteratur då han hade dragit en lott som han gillade, han skulle beskriva en huvudperson från en bekant teaterpjäs. Den karaktären utsatte en person för utpressning med ett komprometterande brev och hade på krångliga vägar blivit vinnare av en komplicerad politisk kamp där favoriterna hade varit två andra kända politiker. Bland sina många lektyrer hade han, helt av en händelse, hittat i en bok om litterära minnen, att kompisarna till den genialiske författaren, uppdaterade med det han höll på att skriva innan skrivelsen var färdig, höll de på med vadslagning och satsade växelvis på de två favoritpolitikerna. De där, skurkar båda två men på rätt olika sätt, utmärkte sig, den förste för sin enfald och den andre för sin demagogi. Satiriskt sett kvalificerade sig båda två till en vinst. Till allas överraskning och munterhet hade författaren uppfunnit en tredje vinnare med motiveringen att han "är dummare än den förste och större demagog än den andre". Han hade börjat sin presentation med den anspelningen och observerade med glädje att de tre examinatorernas ansikten lyste upp samtidigt och efter tre-fyra meningar till, examinationskommitténs ordförande tilltalade honom och gratulerade honom för det maximala betyget. Det gav honom vingar, han tog sig hem med andan i halsen för att leverera den trevliga nyheten till sin mamma.

Dagen efter, vid matematiktentan, fick han något som var ganska lätt fast mycket arbetskrävande. Då tiden räckte till för att försäkra sig att han inte hade gjort fel på någon av kalkylerna, skrev han lösningen på tavlan och gick därifrån med ett maxbetyg till.

Provet i historia blev ganska komplicerat, kanske också på grund av att temat var rätt ytligt behandlat i åttans historiebok. Efter att ha sagt två-tre meningar medan examinatorerna hade sett i papperna de två maxbetygen blev han avbruten av en av dem, ställde honom en ganska enkel fråga som han svarade på, rådgjorde med de andra och talade om för honom att han fick maxbetyget här också. Rätt förvånad över lättheten som hade gett honom det tredje maxbetyget kunde han inte låta bli att tänka att nu var han befriad av kunskapsprövningens oro. Han gav sig i väg hemåt lika glad men när han kom fram sa han med en högtidlig och rigorös röst:

—Mamma, hör bara på vad som har hänt! En komplikation har dykt upp. Jag har inte längre två maxbetyg i kunskapsprövningen. Han gjorde en liten paus medan han väntade på hennes reaktion men också på hans pappas, som hade anslutits, och nu tittade de båda på honom lite förvirrade.

—Jag har inte längre två maxbetyg därför att jag har tre sådana!

Martia gav honom en lätt dask över hjässan som liknade snarare en smekning och så sade hon, mycket lycklig:

—Usch, vad du skräms, din dumma busunge! Du är lik din far med dessa dumma skämt, bara honom. Sedan kramade hon honom hårt, pussade honom på båda kinderna och sa till Tramian:

—Jag får höra, kära make, hur mycket pengar ger du pojken för att han kom hem med tre maxbetyg?

Tramian, som gjorde sitt bästa för att dölja sin förtjusning byte omedelbart mimiken och sa:

—Pengar får du själv ge honom, kära hustru. Det är ni två som valde gymnasiet!

Martia som kände att största delen av makens surhet hade smällt som på något magiskt sätt gick in huset och därifrån kom hon tillbaka med två hundrasedlar som hon gav till Elaur:

— Jag har inte mer, då hade jag gett dig allt. Och du Tramian, du får också stoltsera med din son, så där gratis!

När resultatlistan kom, nionde plats på den överträffade alla Elaurs förväntningar men den största överraskningen, rena bomben, var den som kom på första platsen, ingen annan än hans kompis, Peter. Arian var på femtonde plats, en annan pojke från 8 D, på nittonde, och hans granne Dode på tjugotredje, så med dessa resultat blev ganska snabbt en bra anledning till stolthet för modesta och lantliga Miraveda. Överraskningarna slutade inte här. Elaur märkte, just bredvid deras lilla grupp, två av pojkarna från Staden som hade imponerad på honom de föregående dagarna med förtroendet de utstrålade när de spatserade på skolgården och som nu stirrade på sina bleka föräldrar, elegant klädda, som inte kunde förstå hur det kom sig att deras pojkar "så väl förberedda" inte var bland dem som hade klarat inträdet. Plötsligt såg han sig själv bluffande i poker men han jagade bort den elaka tanken omedelbart och flyttade blicken på en annan pojke från en by till vänster om Miraveda som tittade på honom extremt jovialisk, även han lycklig för framgången. Han hade gått med i deras grupp redan den första dagen efter det skriftliga provet i matematik, när han jämförde resultaten med Elaurs och framför allt Peters. De två hade blivit goda kompisar. Bland alla dessa sofistikerade ansikten där, visade han sig vänlig mot dem med ett permanent leende i ansiktet som antydde att han själv var lite rädd för provet men i synnerhet för mängden elever där.

Mot allt han hade väntat sig, glad för ett så bra resultat, var Elaur ändå lite rädd för den världen han precis hade landat i som tycktes vara mer komplicerad och mer provokativ än sin enkla och underbara Miraveda. Framme hemma fick föräldrarnas omättbara förtjusning honom att glömma all oro eller rädsla. Till den allmänna lyckan tillades hans tacksamhet att ha gjort sina föräldrar så stolta och lyckliga.

Det följde nästan två månader av sommarlov. Vänskapen med Lefan, som hade anmält sig till yrkesskolan för kemiska operatörer, började få en touch av nostalgi. De var medvetna att sakta, sakta, höll deras vägar på att gå åt olika riktningar. Nästan varje dag gick de tillsammans men också med Dode och andra yngre pojkar, antingen ut och fiskade eller till Ungdomens strand, namnet på en öde strand som befann sig på vänster sida av Floden, samma sida som Staden men två kilometer därifrån och ca fyra från Miraveda.

Elaur kunde inte simma och av den nämnda stranden uppskattade han vattendjupet som ökade progressivt och det var ingen fara för några farliga gropar och vattenvirvlar, där år efter år många oförsiktiga men även kunniga simmare hade förlorat sina liv. Vattnet var ganska rent och sanden var finkornig men de var tvungna att ta med sig dricksvatten och ibland även matlåda hemifrån. Det var skillnad från den andra stranden, på andra sidan Floden, mitt emot den Stora parken i Staden, där fanns det en kiosk med godis, läsk och även öl men också en fotbollsplan med mål gjorda av trä, volleyplan med nät samt ringar och fast bom för styrkeövningar.

Han älskade den där ödestranden där han kände sig bekväm tillsammans med enkla pojkar från Miraveda. De spelade spel som de kände till eller som de uppfann och hade roligare än någonsin. Tillsammans lärde de sig hur man gjorde en slags solklocka genom att rita en ring på marken och sticka en pinne i mitten. Hela hemligheten var positionen för linjen för 12-slaget, diametralt motsatt drog man linjen för sexan. De satte sedan i mitten, till höger, trean och till vänster nian och sedan fortsatte de med resten av tecken för de andra timmarna. De hade fått hjälp med det av en liten passagerarbåt som pendlade mellan Staden och en ort från grannlänet, på andra sidan floden, som alltid passerade vid samma klockslag. Den hade hjälpt dem att hela tiden bättra positioneringen för visaren som indikerade klockan tolv så att den tunna pinnens skugga skulle visa tiden med ganska bra precision.

Han ville njuta så mycket som möjligt av sitt kompisgäng i Miraveda som en liten värld som han skulle komma att, på ett visst sätt, skiljas ifrån. Han kände att många saker skulle komma att förändras i sitt liv.

Under de få minuterna framför listorna med godkända elever hade han sett namn på många pojkar som han skulle komma att bli kompis med men också ännu fler intelligenta och sofistikerade flickor som skrämde men samtidigt provocerade honom på ett sätt som han aldrig förr hade varit bekant med.

Han kunde dock inte anse den sommaren uppfylld om han inte, åtminstone en vecka, skulle jobba på Fältet så mycket som det räckte för sin egen självkänsla om att ha pengar som han själv tjänat ihop. Han kände att man inte kan respektera tillräckligt de pengar man fick från

föräldrarna om man inte visste hur svårt det var att tjäna dem själv. I stället för en vecka blev det tio dagar då han hackade jord och plockade solrosor. Anledningen till förlängningen var en före detta kollega från klass 8 C, blivande gymnasiekollegan

Ariana, en blond flicka med blå ögon som han kände sig attraherad av, i synnerhet för att han hade hamnat i rivalitet med en äldre pojke som också tyckte om henne och gjorde hela tiden allt som kunde för att jobba i närheten av henne.

Han hade lärt sig att vässa sin hacka själv, varje kväll med hjälp av en hammare och ett städ. Genom att hamra på hackan och platta ut den fick han en bättre egg. Det var Gigi som snart skulle gifta sig med Alena och som kom oftare nu och besökte dem, som visade honom hur man gjorde och som en kväll också varnade honom:

— Nu är den ganska vass, var försiktig hur du använder den imorgon! Var uppmärksam på fötterna, låt inte hackan smaka på kött.

Han la på minnet det hans svåger sa fast han inte var imponerad av uttrycket han hade använt men han erkände för sig själv att han ett par gånger hade varit nära att låta hackans vassa egg bita i hans fot när han tittade efter Ariana.

Tio dagar senare bestämde han sig att sluta jobba på Fältet då hans attraktion för Ariana hade gått över lika fort som den hade kommit.

KAPITEL 18

Läroplanen för första gymnasieåret var samma för alla de sju klasser och Elaur blev mer och mer bestämd att, från andra året, välja den humanistiska profilen trots att alla hans kompisar från Miraveda hade från början riktat in sig på den realistiska profilen.

Av pojkarna från Miraveda hade han hamnat i samma klass med Peter och Vior, en pojke som bodde vid stora vägen på motsatt sida kvarnen i utkanten av Miraveda men som hade gått på Skola nr 1, den bästa i Staden. De hade snabbt hittat varandra och Vior hade blivit hans bästa kompis. Hans mycket lugna sätt, hans sparsamma uttryckssätt, tålamodet han kunde lyssna på andra med, gjorde honom till den perfekte kompisen för den temperamentale och pratsamme Elaur. De trivdes mycket bra tillsammans. På hans skummande och fångande diskurs svarade Vior med en mycket lakonisk stil, matematisk nästan, men den ömsesidiga empatin närmade dem varandra. Deras liknande livssyn och sysselsättningar förstärkte ännu mer vänskapen mellan dem.

Fru Culia, deras klassföreståndare, hade ganska fort blivit för Elaur den perfekta modellen för en gymnasielärare. Mer krävande än alla andra lärare från skolan i Miraveda, hade hon imponerat på honom med den perfekta behärskningen av tyska språket som hon undervisade deras klass i, men också med det att hon kunde ytterligare tre stora världsspråk. Dotter till en kyrkosångare i Staden, gift med en känd advokat, poet och arkeologamatör, vid sina 45 år imponerade hon genom en oklanderlig attityd. Hon krävde samma seriositet från eleverna som älskade henne lika mycket som de var rädda för henne.

Bortsett tyskalektionerna som hade fått honom att fatta tycke för detta språk så olikt de romanska språken, var hon en exceptionell klassföreståndare som följde mycket noga sina elevers utveckling från skolsituationen till deras uppförande. Hon pratade med dem om värdet i vett och etikett, om korrekthet, vertikalitet och inte minst om humanism. Under sina dryga tjugo år i läraryrket hade hon vant sig vid det att alla elever inte är med på hennes resonemang men det fick inte henne ur balans utan hon var beredd att göra samma sak om än bara en elev hade haft nytta av hennes råd. Efter första terminen hade litteraturläraren tagit mammaledighet och fru Culia hade tagit över de lektionerna också. Hon hade nu blivit den viktigaste läraren på gymnasiet för honom. Hon var inte bara standarden av seriositet och korrekthet utan även av en överraskande, fast noggrant censurerade, mänsklig värme. I sin tur, fast han klarade sig mycket bra på tyskalektionerna och hade utmärkt sig på klassens möten med föreståndaren, var det först i mitten av andra terminen han hade vunnit fru Culias sympati på litteraturlektionerna. Han hade lagt många timmar under de två veckorna som de hade till förfogande på det första sammanställningsarbetet som hade handlat om jämförelsen mellan Klassicismen och Romantiken. Det var ett arbete på drygt tjugo sidor som han i hemlighet hoppades att bli utsedd att läsa högt i klassen. Mycket överraskad över arbetets kvalitet men i synnerhet av den väldigt konsistenta dokumentationen frågade hon:

—Elaur, vilken profil tänker du välja andra året?

—Jag har bestämt mig redan i grundskolan att gå den humanistiska profilen.

Fru Culia log med viss antydan.

— Det innebär att vi kommer att jobba tillsammans ända till gymnasiets slut. Hoppas att nöjet blir ömsesidigt.

Elaur blev lyckligare för denna utmärkelse från klassföreståndarinnan än för maxbetyget, trots att det var första maxbetyget i litteratur från gymnasiebörjan.

Trots allt detta, gladast var han i sitt förhållande med den unga och vackra Roza, lärarinnan i franska, som han hade charmat med kompositionerna han hade skapat på Voltaires språk.

Redan under hennes första år som lärarinna hade Roza lyckats tända på många hemliga passioner, speciellt i elevernas huvuden men även i några lärarkollegors, fast de var gifta. Hon hade gått ut sina universitetsstudier med höga betyg och uppvisade inte bara pedagogisk talang utan också en stränghet som var utöver det vanliga, stränghet som hade kapat av några av Elaurs kollegors entusiasm vars hemliga libido hade dramatiskt avtagit efter några underkända betyg.

De hämnades genom att lägga kritorna på högra kanten av tavlan där fröken Roza kunde nå bara om hon sträckte sig mycket och då gick även hennes kortkjol upp och pojkarna var exalterade. Detta pågick tills hon fattade denna busighet och bestämde sig för att lösa problemet genom att ta med sig sina egna kritor. Så först efter tre-fyra sådana händelser, innan hon gick till tavlan med ett kryptiskt leende mot de långbeniga killarna som satt längst bak i klassen, tog fröken Roza upp en liten påse med två långa kritor från sin eleganta väska.

Fröken Roza, född och uppvuxen i en intellektuell familj i Huvudstaden var inte längre än en meter och sextiofem centimeter, hade en mycket vacker kropp, markerad av de kroppslimmade klänningarna och de kortkorta kjolarna men hon hade också mycket fina drag, blå ögon och mörkt hår i fransk frisyr och alltid välvårdat. Dessutom hade hon en speciell elegans som i kombination med en fulländad sinnesro och ett äkta monalisaleende lyckades förbrylla männen direkt. Hon hade tämjt även biträdande direktören som kallades "sheriffen" för de hårda fysiska tillrättavisande han praktiserade på eleverna. Framför fröken Roza såg han ut som en förlägen tonårig.

Vid arbetet med de upprepade kompositionerna i franska språket med teman valda av deras vackra lärarinna, hade Elaurs passion för litteratur plus lexikonet som han fick låna varje gång av Dode, hjälpt honom att tävla med Geta, trots att hon kunde franska bättre än alla i klassen.

Efter den första terminen med en nia och två tior plus tia i skriftligt prov hade han det högsta slutbetyget i franska, precis samma som Geta. I början på andra terminen, i samband med en hemläxa som han, efter mer än en timme, inte hade kunnat skriva en enda mening på, bestämde han sig att tala om för fröken Roza precis som det var, att han inte hade någon inspiration alls och därför kunde han inte göra sin hemläxa. Han hoppades på hennes sympati för honom.

Glad över att fru Culia hade bett honom att komma till en parallell klass som läste tyska för att förklara och exemplifiera skillnaden på uttalet av bokstaven "h" i orden "ich" och "noch", ännu hellre då det i den klassen fanns några snygga tjejer, blev han 5 minuter försenad. När han kom tillbaka till klassen höll fröken Roza, med elevkatalogen i handen, på att kolla hemläxorna och hade redan satt tre icke godkända betyg. När hon kom fram till honom hade hon under tiden hunnit med fyra icke godkända betyg. Elaur förklarade högtidligt:

—Jag har inte förstått alls temat därför har jag inte kunnat skriva något alls! Ni vet hur mycket jag tycker om kompositionerna men jag ansträngde mig i mer än en timme utan att kunna skriva något alls. Jag anser att det vore orättvis att bli straffad.

Fröken Roza tittade oskyldigt på honom och sa:

—Jag är ledsen för din skull, du gör mycket lyckade kompositioner, men det är inte etiskt gentemot dina kamrater att inte få samma straff som dem.

Vid nästa lektion, fast han hade sin hemläxa framför sig med uppgiften gjord, reste han sig i början av lektionen, tittade surt på sin favoritfröken, Roza och meddelade högtidligt:

—I protest mot straffet ni gav mig förra gången har jag låtit bli att göra min hemläxa för idag.

Fröken Roza tittade förvånad på honom, öppnade elevkatalogen och sa:

—Ledsen för din skull men du får en trea.

Elaur, som under tiden hade satt sig, reste sig igen, stolt över sitt beslut och sa:

—Jag förstår inte anledningen att ni straffar mig med en trea.

—För att du inte gjort din hemläxa.

—I så fall, varför sätter ni inte en tvåa? Är inte det en tvåa för de som inte gjort sin hemläxa?

—Detta bestämmer jag, inte du. Och, just det, i slutet av nästa paus, kom till lärarrummet.

I slutet av pausen, när han hade gått in i lärarrummet skickades han av biträdande rektorn ut till korridoren att vänta. Innan dess hade han kastat en skrämmande blick på honom underifrån sina buskiga och fylliga ögonbryn som såg ut som två havreax på vilka rimfrost hade satt sig. Detta var tecken på att "sheriffen" var informerad om "brottet" han hade gjort och som han snart skulle komma att stå till svars för.

Han blev emottagen i lärarrummet efter att alla lärarna hade gått. Bara fröken Rozas serafiska närvaro gjorde att han slapp inkassera en "spade" av "Sheriffen", som eleverna brukade kalla den förskräckliga örfilen som hade gjort honom ökänd bland eleverna. Efter att ha muttrat några ord som förklaring och ha tvingats be om förlåtelse gick Elaur tillbaka till sin klass lite besviken över att han inte fått den där örfilen så fröken Roza skulle se hur mycket han stod ut med för sina principer men särskilt för henne.

Trotts sina starka prioriteringar för litteratur och språk avslutade Elaur första året med mycket bra betyg även i matematik och fysik där han hade turen att ha haft mycket bra lärare. I matematik, Herr Petronius som inte var annan än maken till hans första klassföreståndarinna, fru Dida, från skolan i Miraveda, hade en metod som liknade mycket fru Pârvus, hans lärarinna från grundskolan, undervisningsstil. Fru Pârvu favoriserade de bästa eleverna med snabbt tänkande. Efter varje lektion ställde hon upp en uppgift från det hon precis hade presenterat på tavlan. Den som löste den först fick komma fram till tavlan och visa och förklara den. Efter ett par sådana lösta uppgifter fick man en tia, maxbetyg, i elevkatalogen. Elaur och fem-sex andra kamrater till honom hade skaffat sig sina betyg på det sättet.

Om Elaur, i grundskolan, nästan aldrig hade behövt plugga läxor hemma var detta inte längre möjlig på gymnasiet. I flera ämnen, men speciellt i geografi, geologi och latin där han hade mycket stränga lärare, var han tvungen att plugga och repetera läxan flera gånger för att kunna få ett någorlunda bra betyg. Han hade gått ut första året med ganska bra slutbetyg. Bara Peter och plugghästen Geta hade bättre betyg än honom. Geta hade, precis som han själv, valt den humanistiska profilen så de skulle komma att vara klasskompisar med samma klassföreståndare, fru Culia.

Skolårets sista vecka hade fru Culia bett tre av hans klasskompisar, som redan var underkända i andra ämnen, komma fram till tavlan ibland två gånger. Om de skulle bli underkända i litteratur eller i tyska språket också då skulle de bli tvungna att gå om året vilket innebar att de skulle bli tvungna att göra inträdesprovet igen. När hon hade antecknat betygen på ett papper och inte i elevkatalogen som innan, bad hon Elaur att komma till Språkavdelningen och hjälpa henne att sätta slutbetygen, en operation som visade sig vara ganska invecklad.

— Du Elaur, den här odågan Oltea ligger illa till. Om jag inte får ihop hans betyg till en sexa för tredje terminen blir han icke godkänd och måste gå om året. Detta kan ta livet ur hans stackars mor som redan har ett dåligt hjärta. Denna vecka har han gjort bra ifrån sig. Han är inte dum men vilket betyg kan jag sätta när han har två fyror och en sexa i det skriftliga provet?! Jag tänker ge honom en åtta, räcker det?

— Nej Fru klassföreståndare, det räcker inte. Inte ens en nia räcker. Bara med en tia kan man få slutbetyget sex.

— Gud bevare mig! Inte en tia till den odågan! Men snälla, låt mig vara med i dina snabba, mentala kalkyler! Kanske går det att få betyg sex även med en nia, tio ger jag honom inte, inte ens om man kapar av min ena hand!

— Frun, det räcker inte annars, men det finns en lösning till, mycket enkel.

—Säg inte att jag ska ändra något betyg i katalogen, en sådan skit gör jag aldrig någonsin.

—Nej Frun, det blir slutbetyg sex om ni ger honom två åttor under två olika dagar.

Fru Culias ansikte lyste upp:

—Jag visste att du var en intelligent kille! Vad hjälper det att jag kan fyra språk? När man kommer till matematik är det ett främmande språk för mig.

Hon bad honom att skriva ner kalkylen för att vara säker sedan log hon lite bittert:

—Vad ska jag göra, Elaur? Jag tänker på deras stackars föräldrar. Det kostar dem att ha barnen i skolan och de, sådana odågor, anstränger sig inte ens så det räcker att klara av skolåret. Låt oss reparera eländet för de andra två, jag ser att du kan detta. De här slynglarna borde köpa dig en present, utan dig hade jag inte vetat hur jag skulle rädda dem.

I slutet tänkte Elaur att han hade fått mycket mer än en present från sina kamrater. Han hade fått en livs lektion från Fru Culia, en lektion om stränghet och humanism.

KAPITEL 19

Under första året på gymnasiet, bortsett de obligatoriska böckerna i skolplanen, hade Elaurs tid för läsning reducerats mer än han hade trott. Lärarnas krav från de nio skolämnen visade sig vara helt annorlunda i jämförelse med grundskolan. De mödosamma hemläxorna, de i geologi, geografi och alla andra var inte lätta att få in och hålla dem i minnet. Dessutom, den generösa uppmärksamheten han la på kompositionerna i litteratur och franska språket tog större delen av hans tid.

Han hade upptäckt, med stor glädje, att bibliotekarien på gymnasiets bibliotek var en kusin till hans mamma och detta hjälpte honom mer för att låna de böckerna han behövde för läxorna i litteratur än att låna andra böcker. Sommarlovet hade dock kommit med en välsignelse ur den synvinkeln, då sista skoldagen han hade fått välja sex böcker från biblioteket. Han letade vidare i de proppfulla hyllorna tills bibliotekarien sa:

—De här räcker för en månad, du får komma och hämta fler när jag är tillbaka från semestern. Hur står det till med Martia, har inte sett henne på flera år?

—Med sitt jobb. Nu är det högsäsong. Hon jobbar från 5 på morgonen till 8–9 på kvällen.

—Oj då! Så pass! Var snäll och säg till henne att ta det lite lugnare, hon kan bli sjuk annars.

På väg hem tänkte Elaur mycket på vad hans moster hade

sagt och eftersom han också tyckte som hon, bestämde han sig att ta en allvarlig diskussion med sin mamma precis ikväll. Martia hade kommit hem efter klockan nio. I kassen med sina färgburkar hade hon lagt till en 200 watts lampa för att kunna jobba både tidigt på morgonen och sent på kvällen när ljuset inte längre räckte till. På så sätt satte hon tapet i två eller till och med tre rum per dag. Ännu värre var det att sedan några dagar, fast det var mitten av juni, hostade hon mycket och hade feber.

—Snälla mamma, varför stannar du inte hemma i två-tre dagar tills du blir bra igen?

Martia svepte in honom i en mild blick och sa:

—Var och en med sina problem, pojken min. Även en enda dag om jag stannar hemma rör till all min planering, ännu värre med 2–3 dagar. Och sedan, om jag stannar hemma kommer inte pengarna av sig själva!

—Mer än du tror har jag tänkt på det här arbetet med tapeten. Du jobbar ca 14 – 15 timmar per dag. Du har många kunder, om du höjer priset åtminstone till vad det är värt kan du tjäna lika mycket pengar, jobba tio timmar per dag och slippa förstöra din hälsa.

—Gud har gett mig detta yrke för att kunna ta hand om er. Kvinnorna från Miraveda tjänar på jordbruksfältet en fjärde del av det jag tjänar och de jobbar under den heta solen hela dagarna. Jag tjänar så mycket som jag gör och inte nog med det, men jag kommer även förbi hem och lagar lite mat till er eller tvättar några kläder så ni har något att ta på er.

—Mamma, kvinnorna på jordbruksfältet jobbar halva tiden av det du gör och har inte brytt sig att lära sig ett yrke. Å andra sidan, om detta yrke är så eftertraktat måste det betalas också! Även om du tappar några kunder kommer du att tjäna lika mycket pengar och jobba mänskligare.

—Det är inte kunderna jag är rädd att tappa kära du, men om jag blir girig, tar Gud ifrån mig det Han gett mig. Jag tar betalt efter hur mycket jag uppskattar mitt jobb. Girighet förstör mänsklighet.

Elaur höll inte med sin mamma men han älskade och respekterade henne för sättet hon var mot andra och för vilket hon var älskad och respekterad av alla i Miraveda. Han kunde kräva vad som helst av sin mamma men inte att hon skulle avstå från sina principer som inte bara gjorde att hon hade bra relationer men också gav henne en stor tacksamhet i själen.

Hon såg sin son förlorad i tankarna och fortsatte:

—När du kommer så långt att du säljer din själ för pengar har du inte längre Guds hand ovanför dig och det är bara det den onde väntar på.

Han insisterade inte mer men hans mammas ord landade lugnt i hans huvud och följde honom genom livet och klingade öronbedövande i sinnet varenda gång han hade en tendens till girighet eller till att döma andras arbete.

Den första månaden på lovet delade han sin tid mellan Ungdomens badanläggning och sin kärlek för läsning som brukade vara långt in på nätterna. Därför hade han gjort kompisen Lefan till en slags väckarklocka.

Nästan aldrig lyckades de komma till badet innan klockan tio, med tanke på att resan dit tog en timme.

På detta sommarlov hade han också tagit för vana att gå och promenera i Stadens Centrum men också på alléerna i Parken, i början på söndagar sedan även på vardagar tillsammans med sin nye kompis, den sympatiske och lugne Vior. Han tog inte

Lefans plats, snarare Lefans styvbror, Nic med vilken Elaur hade haft många och intressanta diskussioner om vänskap, livet och även om kärleken, de senaste åren.

Ganska täta, diskussionerna med Nic som var tre år äldre än honom var rätt spännande och de hjälpte Elaur att förfina skriv-och taltekniken och även noggrannheten i logisk argumentation. Nic, som inte på något sätt var underlägsen någon av pojkarna som hade gått till gymnasiet hade, av finansiella anledningar, valt att gå till yrkesskolan för kemioperatörer som nu även Lefan gick på. När han hade slutat skolan hade han fått anställning på kemiföretaget som även ägde yrkesskolan men hade också anmält sig till gymnasiet på kvällskurs. Praktiskt taget var nu hela hans dag upptagen.

Elaur saknade dessa intressanta diskussioner så nu sökte han i möten med sin nya kompis tjusningen i de gedigna debatterna. Olik Nic, blev Vior sällan exalterad men var ändå en lika god diskussionspartner.

Hans korta men intressanta och objektiva interventioner var tillräckligt för nya och provokativa utvecklingar av ämnet i diskussionen. Med personligheter som kompletterade varandra kom de två kompisarna överens på ett nästan naturligt sätt och tillbringade mer och mer tid tillsammans. Vior uppskattade Elaurs entusiasm och kreativitet och Elaur hade funnit den perfekta samtalspartnern som begrep hans idéer, kompletterade honom ibland men i synnerhet stod ut med hans dominanta stil och följde uppmärksamt flertalet öppna parenteser vid sidan om eller i fortsättningen av diskussionen.

Med alla sommarlovets attraktioner och nöjen höll Elaur ändå kvar sin ambition att jobba tio-femton dagar.

Denna gång hittade han en grönsaksgård. Här var det trevligare arbete och bättre betalt. I skuggan av ett lager som bara hade ett tak satt de på en uppochnervänd låda och rensade paprikor som hade kommit i stora lådor direkt från odlingen, bröt dem i fyra-fem bitar, rensade dem från frön och ordnade dem i mindre lådor som senare, i slutet av dagen, kördes till en konservfabrik cirka 40 km från Staden.

På den gården, som befann sig i utkanten av Miraveda, bortom orten som gränsade till Staden på motsatt sida, betalades inte lönen per dag utan per antal små lådor med brutna paprikor. Detta passade Elaur bra, han både tjänade bra på det och utmärkte sig med sina skämt och roliga historier han berättade. Allt detta gjorde varje arbetsdag till en rolig sammankomst. Tyvärr, minskade aktiviteten mycket på den gården efter ca tio dagar, så kvar blev bara kvinnorna som hade jobbat där sedan i våras.

Det hade gått halva sommarlovet. Marinadagen, flottans dag, var ett bra tillfälle för Elaur och pojkarna i Miraveda att gå till Stora Parken för att följa firandet och de roliga tävlingarna som ordnades dagens till ära. Marindagen hade en tradition äldre än sjuttio år. Från början firades den i samband med den religiösa högtiden Sankta Mariadagen, den 15 augusti. Sankta Maria ansågs vara beskyddarinnan för alla sjömännen i hela kristna världen. Av ideologiska orsaker hade firandet flyttats av den Nya Myndigheten till första söndagen i augusti och därmed uttömdes den av all religiös konnotation.

Framför Stora Parken vars huvudallé användes som strandpromenad, ca 50 meter från själva stranden, hade man förankrat kaptenskeppet med några officerare klädda i kostym och slips, genomsvettiga stående bredvid en tjockis Neptun klädd in en röd kappa och med en treudd i handen vilken egentligen inte alls hade något att göra med flodfolkets tradition men som ändå var till glädje för barnen på plats.

Efter ett tråkigt tal med mycket dåligt ljud blev det start för tävlingarna, vilket alla ivrigt väntade på. Simtävlingen fick vara den första. Sträckan var från stranden till det förankrade skeppet. Den som vann skulle få ett pris i pengar. Framme vid skeppet ställde sig de drygt trettio amatörsimmarna på rad på dess kant, förberedda för starten av tävlingen "fånga ankungen". Tio ankor kastades mot stranden och fem sekunder senare gav man starten till simning. Simmarna hoppade i vattnet, följde efter ankorna, simmade och kämpade mot varandra för att fånga dem. Dessa var just tävlingens troféer.

Tävlingen som varade längst och som vållade stor entusiasm och munterhet för de hundratals människor som var samlade där på strandpromenaden bestod av att kunna balansera på förtöjningspålen (en cylindrisk trädstam, polerad för att vara så hal som möjligt). Den efterlängtade trofén var den lilla kultingen, drygt 30 kg, som hängde ovanför vattnet ordentligt fäst på den fria ändan av pålen. Det var en trädstam av bok, väl rundad och polerad, 7–8 meter lång, horisontellt fäst med ena änden på båten och den andra 3–4 meter ovanför vattnet. För att förvärra ännu mer hade man smörjt den med vaselin. De tävlande ramlade i vattnet bara efter ett par steg och några tappra, roliga försök att hålla balansen i publikens rop och skrattsalvor. Tävlingens vinnare, den förste som hade lyckats röra vid kultingen, som skrämd sprattlade och jämrade sig, blev vald efter ca 40 minuter, tid som var tillräcklig för fyra-fem försök per tävlande och sedan vaselinet nästan rensats från pålen.

När simmarna lämnade platsen och gick vidare till var sin ensak och åskådarna började gå mot sina hem eller drog sig tillbaka till skuggan av träden i parken, drogs kaptenskeppet också tillbaka till dess ankarplats. På strandpromenaden stannade kvar bara några personer, bland annat pojkarna från Miraveda för att titta på några män som fiskade med metspö i höjd med restaurangen Måsen där vattnet från den Stora Kanalen rann i Den Stora Flodens ena arm som passerade Staden. Den andra armen befann sig dryga 8 km bort.

En pojke som simmade ca 40 meter från stranden, antagligen på väg från den motsatta stranden, tagen och tömd på krafterna av de starka vattenströmmarna, plötsligt desperat började ropa på hjälp. Den Stora Floden krävde sin tribut varje år, minst tre-fyra personer som drunknade, de flesta simmare utan erfarenhet som gav sig på att korsa den. Det gick många och skrämmande historier om simmare som hade fått kramp i foten eller blivit tagna av någon mördande vattenvirvel och försvunnit i Den Stora Flodens mörka djup. Ännu värre, det fanns historier som gjorde att även de mest starka och erfarna simmarna blev lamslagna av skräck. Det var historier om spontana räddare som blivit hårt kramade av offren och drunknat tillsammans och hittades i varandras stela omfamning efter flera dagar ibland, i dödens obevekliga armar.

En ung man gav sig springande av nerför vattnet, springande tog han av sig skjortan. Tjugo meter ifrån pojken i vattnet drog han av sig byxorna och kastade sig i floden. Elaur och hans kompisar sprang också dität med ögonen på den starke, robuste mannen som simmade med alla krafter mot pojken som nu hade börjat svälja vatten. Han kom fram till pojken precis när han hade försvunnit under vattnet men fick tag i honom i nästa stund då han dök upp igen vid ytan. Han satte pojken på sin rygg, simmade bröstsim och närmade sig stranden sakta. De rörde sig nedströms och folket på stranden närmade sig, det hade samlat sig fler och fler från parken och alla hejade på simmaren som rörde sig mer och mer ansträngt.

Först var Elaur förskräckt av dödens obönhörliga närvaro. Nu när de två var så nära stranden, hjälpta av en pojke till som också hade hoppat i vattnet, men ännu mer förskräckt var han när han såg att räddaren inte var någon annan än den ondskefulle och brottslige Codrus. Han fick inte ihop det, hur kunde han vara fri, hade han rymt från fängelse kanske för att kunna hämnas på någon? Kanske till och med på honom själv?

Människorna på stranden applåderade och hejade på räddaren men Elaur drog sig tillbaka bakom dem och viskade till Lefan:

—Kom, nu sticker vi härifrån! Ser du inte att den här räddaren är Codrus, brottslingen från Lilla Druvklasen?!

Lefan, som inte visste något om händelsen med Codrus när han hade hållit kniven vid hans hals på just mordkvällen, hade ingen tanke på att följa med honom och inte heller någon av pojkarna från Miraveda. När Elaur förstod det sa han bara:

—Jag går nu, jag väntar på er på konditoriet.

Han köpte sig en läsk och satte sig inne i konditoriet, fast de få kunderna vid den tiden satte sig på terrassen i den friska luften. Genom fönstret följde han vad som hände vid parkens ingång och väntade på att Lefan eller pojkarna skulle dyka upp samtidigt som han var rädd att Codrus skulle komma först. Han kunde inte på några villkor fatta hur det kom sig att

Codrus hade blivit frisläppt på mindre än två år, när alla visste att han hade varit dömt till 25 års fängelse. En kvart senare dök killarna upp men bara Lefan kom in på konditoriet.

—Du kommer att bli förvånad men du behöver inte längre vara rädd. Vali kommer att berätta exakt hur det ligger till. Hans mormor och Codrus mamma är kusiner.

Han kom ut från konditoriet försiktigt med blicken mot strandpromenaden, fortfarande osäker och snabbade på stegen mot pojkgruppen framför. När han kom i kapp dem började Vali förklara:

—Mormor var hemma hos Codrus för någon vecka sedan när han blev frisläppt från finkan fast hon var fortfarande ganska rädd för honom. En kort tid efter han hade kommit till fängelset hade man hittat honom avsvimmad i cellen. Han hade tagits till sjukhuset. Därifrån hade man i ambulans skickat honom till Huvudstaden till det där sjukhuset där man skickar de som har problem med huvudet, du vet. Han opererades akut och de tog ut något från huvudet, något som ett ben eller så som tryckte på hans hjärna. Detta var sedan bilolyckan då den där advokaten hade kört på honom. Nu vet man inte vad och hur men han är helt förändrad efter operationen. Han är inte längre våldsam, inte alls, och även ansiktet är förändrat. Du kommer ihåg att han hade munnen så där sned att man blev förskräckt bara han tittade på en.

—Ok, ok, han opererades och han är inte längre våldsam men straffet bör förbli straff. Jag fattar fortfarande inte hur det kommer sig att han blev frisläppt.

—Jag hörde att man hade tagit honom till flera läkare, man hade studerat honom och ett år senare har fallet öppnats igen och han fanns oskyldig då det var slaget i huvudet som hade ändrat hans personlighet. Mormor berättade att i rätten blev han försvarad av just den där advokaten från Staden som hade kört på honom.

—Men du såg honom nu med egna ögon! Jag tycker att han har samma uppsyn av mördare som då jag såg honom första gången i skolan. Och nu, plötsligt, är han en annan människa!

—Jag tycker att han är förändrad. Kolla, fråga Lefan också!

—Jag tycker också att han är förändrad. Du skulle ha sett honom som han log när han hade räddat den där killen. Han till och med smekte honom i ansiktet och lugnade honom. Man kan inte fatta att det är samma person som hela skolan fruktade.

Elaur lyssnade lätt förbryllad, återupplevande på något sätt fruktan han hade känt då men han berättade ingenting utan föredrog att byta samtalsämne.

Framme hemma, väntade han otåligt på att träffa Gigi, den ende i familjen som kände till hans hemlighet och berätta. Han blev ganska ledsen när Gigi svarade oberörd:

—Jaha, jag visste det men ville inte berätta att han var frisläppt, jag tänkte att det var bättre att du inte visste.

Elaur tittade häpen på honom och sa:

—Vet du vad du säger nu? Hur då, hur skulle det vara bättre. Tänk om jag hade träffat honom ansikte mot ansikte! Hade jag inte blivit tokig då? Nu vet jag åtminstone att han inte längre är våldsam.

Att han hade fått veta detta skonade dock inte Elaur från en mardröm den natten. En okänd person knuffade hans huvud i flodens vatten. Han vaknade vid 4-tiden rädd och andfådd och lyckades inte somna om. Han tänkte hela tiden tills det blev morgonljus, på Codrus, på vad det kunde försiggå i hans huvud när han kommer ihåg personen han hade mördat.

KAPITEL 20

Bara två dagar senare, efter regnet som hade kommit som en räddning för Miraveda som var nerbränd av värmebölja och torka, vaknade Elaur en morgon och fann himlen täckt av vita moln, luften ren och uppfriskande. Detta påminde honom nästan reflexmässigt om deras himmelska barndom, i det vilda området Devale. Han tog en bok, en av dem från skolbiblioteket, och gav sig av mot den höga kusten. Den uppfriskande luften kändes bäst just där särskilt att brisen kom från Den Stora Flodens damm. På väg dit mindes han mycket tydligt de ord hans gåtfulle kompis Tinu hade sagt för mer än ett och ett halvt år sedan, då efter att Codrus hade anhållits: "Du behöver inte vara rädd längre. Hans vrede kommer att försvinna precis som den kom". Hans hopp om att träffa Tinu igen blev också uppfylld.

—God dag, herr Tinu. Jag är så glad att träffa Er igen! Jag har så mycket att berätta.

Han satte sig bredvid honom, på gräset, kalcinerat av sommarens hetta och berättade om kunskapsprövningen för inträde till gymnasiet, om vilka fantastiska lärare han hade, om sina intentioner om att fortsätta med den humanistiska linjen och sedan filologifakulteten i Huvudstaden.

—Elaur, jag är jätteglad för din skull. Du ska vara lycklig att du kan studera allt du önskar. Hela världen öppnar sig för dig och du kan fortsätta utbilda dig enligt ditt hjärta och ditt huvud. Jag känner att det är många vackra och intressanta saker som väntar på att du ska upptäcka dem, ta till dig dem, lär ut dem sedan till andra, även om inte lärarkatedern kommer att vara en del av ditt liv.

Han berättade sedan händelsen från stranden, räddningen av pojken som var nära att drunkna, om Codrus och allt han hade fått veta om honom och om hans hjärnoperation. Tinu nickade lätt med huvudet och sa:

—Gud hörde hans mammas heta böner. Bara Guds makt är större än en mors bön.

—Men det onda Codrus har åstadkommit, det kan inte repareras! Mannen han dödade ligger i graven och hans barn växer upp utan sin far.

—Han kommer att sona det under hela sitt liv. Det var inte bara så där av en händelse att han befann sig där idag. Och sedan, vem är vi som har rätt att döma? Vi går vårt öde till mötes och om vi kan göra gott måste vi göra det. Det är allt.

Ett par minuter teg de båda två. Tinu, som kände den otröstliga virveln av tankar som rörde sig i Elaurs huvud men också de starka och motsägelsefulla känslorna som belastade hans själ, fortsatte:

—Min käre Elaur, det goda och det onda har samma mamma, och deras mamma är människans sinne.

—Det onda växer överallt som ett ogräs som inte kan förgöras, därför att den kommer väl överens med dumheten, men ännu värre är när den kommer väl överens med intelligensen, för då blir de listighetens föräldrar som är den oförstörbara ondskan.

Elaur lyssnade uppmärksamt medan han försökte tränga sig in i och förstå den djupaste innebörden i hans kompis ord och tänkte att saknaden av synen skyddade honom mot ögats frestelse men också mot lögnernas glans, förpackade i guld och skinande diamanter.

—När man är ond är det som att hålla sig kvar i svansen på en giftig orm. Man riktar ormen mot den man vill skada men ormen kommer att vända sig mot en själv.

Tinus ord som hade något av mildheten i orden sagda av en präst begåvad med gudomlig nåd, men också av det mörka mysteriet i en gammal spåmans ord, väckte i Elaurs sinne och själ, inte bara idéer och känslor utan även inre bilder som inte kunde suddas ut.

—När det onda når till dig lås den i sinnets stängda rum, släpp inte ut det i världen för då kommer det att återvända till dig mycket starkare. Han fortsatte:

—För många människor beklagar sig över ondskan som drabbar dem utan att åtminstone förstå att de flesta gångerna har de själva skapat det och nu kommer det tillbaka till dem som en alkoholiserad och förfallen son, beredd att blåsa bort allt de har och ibland även livet. Efter några tysta sekunder, fortsatte han:

—Jag vill inte fylla ditt huvud. Många, för många saker lär vi oss genom att lida, men en enda sak får du ha kvar av gamle Tinu, han som aldrig sett ljuset: det onda du gör till vem som helst förgiftar dig först och bara det goda kan bota dig. Det goda du skickar ut i världen kommer att återvända för eller senare till dig för att ge ljus till ditt liv.

Elaur tittade på honom extremt uppmärksamt och Tinu, även om han inte kunde se, visste mycket väl detta och det gjorde honom stolt över sin unge kompis. Senare följde Elaur med Tinu till hans port och gav sig av hemåt, hänförd och överväldigad som efter att ha läst en gripande bok skriven av en författare kommen från ingenstans.

Början på andra året på gymnasiet hade kommit med andra överraskningar och inre bekymmer för Elaur. I den humanistiska klassen fann han sig vara den ende pojken i en klass med bara flickor varav hälften av dem var före detta kollegor från första året. Dessutom blev han mycket ledsen att höra att hans stora favorit, fröken Roza, den vackra och raffinerade lärarinnan i franska språket hade flyttat till ett känt gymnasium i Huvudstaden. Hon lämnade bakom sig så många beundrare men också några kamrater lyckliga att ha blivit av med "en sådan toka".

Han gick i samma klass som Geta, hans kollega som hade gått ut första året med ett högre betyg än honom, intelligent och extremt ambitiös. Han hade åtminstone chansen till tävlande som han hela tiden sökte trots att Geta var lite hård ibland, nästan antipatisk, särskilt mot pojkarna.

Några dagar senare blev han kallad till lärarrummet av en mattelärare som hade samma namn som hans kompis i Miraveda som också hade undervisat två andra klasser i matematik första året.Elaur hade gått till lärarrummet utan att undra för mycket varför. Han hade en aning om vad läraren hade tänkt säga.

Brun, med för tidigt grånande hår som fick hans olivfärgade hud att utmärka sig ännu starkare, hade läraren Peter ena mungipan lite stelare än den andra på grund av en liten olycka han hade varit med om i barndomen och detta syntes bättre när han pratade. Peter föreslog att de skulle gå ut i den lugna korridoren som gick mot kemi-och fysiklaboratorierna. De satte sig på en fönsterbräda för att ha ett samtal på ett tema som Elaur redan hade anat.

—Jag har tittat på dina betyg från första året och har kommit fram till att du pendlar mellan passionen för litteratur och din skicklighet i matematik.

Elaur lyssnade både smickrad och tveksam men väntade på fortsättningen från Peter som borrade honom med blicken i hans mörka ögon som uttryckte både intelligens och beslutsamhet.

—Se här, detta är egentligen ämnet i vår diskussion: jag har startat i gång ett projekt, mycket viktigt för mig, men i synnerhet för elever med säkra färdigheter. Vi ska skapa en speciell matematikklass. Jag har fått godkännande från Utbildningsministeriet och vi har 28 elever från de två teoretiska gymnasierna i Staden som uppfyllde villkoren från Ministeriet. Tyvärr, fåfängan hos lärarna från det andra gymnasiet gjorde att fyra av de eleverna som hade accepterat att komma med i detta projekt ångrade sig efter att vi fick godkännandet. Vi behöver minimum 25 elever som har avslutat första året med slutbetyg över nio i matematik och i fysik och hela slutbetyget över 8,5. Nu har vi bara 24 och det är bara du och din kollega Geta som uppfyller dessa villkor.

Elaur hade lyssnat noga på lärarens berättelse och kände hur bekymrad han var av händelsernas gång. Han hade hört lite från sin kompis Vior om denna specialklass där förutom han och Peter, av killarna från Miraveda, var även Arian, hans förra klasskompis från grundskolan med i och även en annan pojke, Elu som hade gått i 8 D.

—Jag pratade även med Geta. Hon tänker på det och ger mig svar inom två dagar. Jag vill ha er båda. Det skulle vara synd att slösa bort era matematiska förmågor. Skolprogrammet för denna speciella klass kräver ett nästan dubbelt antal lektioner i matematik och detta höjer betydligt era chanser att komma in på en bra fakultet på Universitetet, på Teknikhögskolan eller Akademin för ekonomiska studier.

Elaur tittade ganska osäker på honom. Han kände att han inte kunde svika sin stora kärlek, litteraturen.

—Jag pratade med fru Culia. Jag förväntade mig inte att hon skulle acceptera och jag förstår henne perfekt. Vem skulle vilja avstå från de två bästa eleverna i sin klass? Men nu handlar det inte om lärare utan om elever, om deras förmågor och om deras chans att lyckas bäst i livet. Jag har förstått av henne att ni båda har valt att gå vidare med filologistudier. Är det korrekt?

Elaur hade gillat lärarens resonemang men tog sig friheten att opponera sig:

—Det stämmer att det är viktigt med mer säkerhet för framgång men för bra resultat behövs inte bara skicklighet utan också passion.

—Du har fullständigt rätt men du har så högt betyg i matematik. Har du fått det utan en gnutta passion? Och sedan, du vet talesättet, aptiten kommer medan du äter. Och på tal om passion: efter filosofistudierna, vad ska du göra?

—Jag är intresserad av journalistik och litteratur.

—Jag ställer den frågan eftersom min fru har tagit examen i filologi. Av alla hennes kamrater som försökt komma in inom media har inte en enda blivit antagen. Hennes dröm var att bli författare. Hon har till och med skrivit några noveller. Vet du hur mycket det blev publicerat? Noll! Av hela den årgången har bara några lyckats publicera något men fråga inte hur de försörjer sig.

Elaur, bedövad av den råa informationen serverad av matematikläraren, som verkade veta vad han talade om, hade inte bråttom att svara något, så läraren fortsatte:

— Min fru har fått statligt fördelad tjänst som litteraturlärare i en liten by, drunknad i lerjord, 30 km från Staden. Hon pendlade under fyra år, varje dag, tills det dök upp en tjänst här. Det var elva sökande på den. Hon fick den och hon var lycklig trots att det var på en grundskola inte gymnasium som hon hade önskat sig.

— Herr Peter, jag tackar er så mycket för detta erbjudande och den informationen men jag vill också tänka på det och lämna besked inom två dagar.

— Överens! Men kom ihåg: med hjärtat väljer man det som är för hjärtat. Skolan är mer för huvudet så välj med huvudet. Och litteraturen kan du ha kvar som en vacker passion.

För att bättre förstå hur det var med den här speciella matematikklassen gick han direkt till respektive klass och sökte med blicken efter sina kompisar från Miraveda. In i klassen, innan han kom fram till någon av dem, stoppade Cora, före detta bänkkamrat till Geta från första året, honom:

— Jag tror att jag vet varför du kom. Du blev kontaktad av läraren Peter, visst? Jag vet att han har pratat med Geta också.

Han hälsade på sina fyra kompisar från Miraveda, hälsade också en annan kollega från första året, Iani men även Mihu, pojken från landsbygden som hade blivit hans goda kompis efter inträdesprovet till gymnasium. Han hälsade även på hans bänkkamrat Enea, en tystlåten kille, alltid med ett leende i ansiktet. De kände varandra från fotbollsmatcherna. De log vänligt mot honom.

—Geta ligger på sjukhuset nu men jag ska prata med henne ikväll, sa Cora, och jag tror att jag kommer att övertala henne att komma. Jag har hållit en plats till henne i bänken.

Elaur kände sig inte bara attraherad men även provocerad av klassens mycket höga nivå. Mycket trevligt överraskad la han märke till några andra mycket snygga tjejer som han hade sett i korridorerna innan men också helt nya ansikten, antagligen killar som hade flyttats dit från andra gymnasier.

Han kände igen Victor, en kille som var så introvert att han verkade nästan frånvarande, som hade överraskat honom med den moderna lyriken i hans dikter publicerade i gymnasiets tidning "Trappsteg" och nu hade han ändå valt matematikklassen. Peters ord hade fastnat: "Och litteraturen kan du ha kvar som en vacker passion". Han till och med tänkte på en känd abstrakt poet som också var en känd matematiker.

Efter skoldagen gick han hemåt ganska konfunderad och på de fem-sex minuterna som det tog hemåt hade han bestämt sig att stanna kvar i den humanistiska klassen. Hans kärlek till litteraturen, övergången till det vetenskapliga programmet kändes nu som kärleksförräderi.

Dagen efter när han hade fått veta att även Geta hade accepterat flytten till matematikklassen hamnade han, på väg hemåt, av en händelse bakom de fyra kompisarna från Miraveda som passionerat debatterade ett problem av rymdgeometri. Uppiggad av diskussionen med kompisarna höll Peter den fria armen i en löjlig position som ville suggerera en linje i en imaginär parallellepiped som de andra tre faktiskt såg den sina inre ögon. Då kände Elaur direkt att faran för att en stor förlust hotade om han skulle bryta med sina kompisar. Tävlan med Geta var också förlorad i så fall.

Då hade han en okontrollerbar impuls och anslöt sig gruppen och proklamerade:

—Från och med imorgon har ni en klasskamrat till från Miraveda!

Kompisarnas glädjeexplosion var unisont och var och en gratulerade honom. Arian, hans rival från grundskolan tillade lyckligt:

—Sa jag inte till er redan igår att Elaur skulle komma att vara min bänkkamrat?!

Redan från första året tänkte Elaur på Lexia, sin mystiska väninna och hoppades på att få träffa henne. Tiden gick och trots att han alltid sökte henne med blicken på gymnasiets bibliotek, på stora vägen som krossade Miraveda, på Stadens gator och till och med på den Stora Parkens alléer, vägrade Lexia dyka upp. En kväll när han gick mot Stadens centrum tyckte han att han kände igen henne gående framför honom. Han fick bråttom att komma i kapp henne och sträckte och snabbade stegen. Flickan framför honom var klädd lika elegant och sofistikerat som Lexia. Han var nära att tilltala henne när han märkte att det var en snygg tjej som liknade Lexia men, mot hans stora besvikelse, var det inte hon. Någon gång i maj månad, med förevändningen att han sökte efter en bok som han behövde för litteraturlektionerna och som han inte kunde hitta någon annanstans, hälsade han på Alicia, bibliotekarien från skolan i Miraveda. Hon kände igen honom direkt och blev glad att se honom. När han hade förklarat hur stort behov han hade av den boken vars författare studerades egentligen bara på gymnasiet, fattade han mod och frågade efter Lexia:

—Fröken Alicia, jag träffade en flicka här på biblioteket, Lexia, lite äldre än jag som klädde sig jättefint, har ni någon aning om var jag kan hitta henne?

Bibliotekarien talade om att hon inte kände till flickan, dessutom verkade hon mer och mer chockad av detaljerna som Elaur levererade, som fick honom att låta som om han pratade om någon utomjording. Elaur kände till fröken Alicias hemlighet som då och då hade ett bisarrt beteende som hade skrämt lärarkåren och ännu mer skolans ledning, så han lämnade henne och gav sig besviken hemåt.

Efter tre, fyra veckor tillbringade i den speciella matematikklassen hade Elaur ännu inte vant sig vid de överdrivna krav som läraren Peter hade på dem. Han var hela tiden upptagen med att lösa många och svåra matematikproblem, inklusive de från den nationella tidningen "Matematikjournalen". Han tänkte med nostalgi på kompositionerna från litteraturtimmarna och även på sina oändliga läsningsstunder, han tänkte mer och mer på Lexia, flickan som nu var spårlöst försvunnen och längtade efter de pratstunderna de brukade ha tillsammans.

Andra hälften av oktober månad när vädret fortfarande var mycket fint, en söndag eftermiddag gick han, efter att ha löst flera matematiska övningar, lockad av den milda solen som lyste upp över dem, mot stranden vid kanten av den öppna obebodda platsen där han brukade träffa Tinu. Han var övertygad att han redan var där. Det stämde, så fort han närmade sig såg han Tinus kända siluett

—God dag, herr Tinu! Jag hoppades att få träffa er då jag har en del saker att prata med er om.

Han började berätta om sin flytt till matematikklassen, en så radikal förändring att det antagligen skulle komma att förändra hans liv. Han berättade om sina framtidsplaner, som i de nya förhållandena pekade på en utbildning inom den Tekniska högskolan i Huvudstaden. Slutligen kom han fram till det problem som bekymrade honom mest, Lexias försvinnande. För detta delikata uppdrag tog Tinu hans högra hand mellan sina stora handflator och bad Elaur att lägga sin vänstra hand på hjärtat och tänka på Lexia. Elaur tittade mycket noga på hans blinde kompis förbryllade ansikte och hoppades få de nödvändiga informationerna för att återfinna sin så speciella väninna. Tinu verkade vara ganska förvirrad, han hade ett mycket koncentrerat uttryck i ansiktet som när man försöker läsa av en text på för stort avstånd, men efter mindre än en minut lyste han upp och sa:

—Lexia finns inte. Lexia är längtan inom dig, Elaur!